約定好的未來邂逅

秋茶——著
優格配炒蛋——繪

推薦序

《我那無法終結的生命》作者　戴斯蒙

當人類看向天空時，星座便誕生了。當人類行走在森林中，路便誕生了。當人類拿起筆時，一段故事便誕生了。

一段故事需要用多少力量才能述說出來呢？對秋茶來說，那毫無疑問是全力吧？從他的故事中，能看到他對故事的愛、對故事的心血。而那灌注全部心力完成的故事，毫無疑問就是一種藝術品，值得人們停駐、觀賞。

推薦序

推理喜劇作家　伍德・瓦懷特

「幽默卻不下流，詼諧之際犀利」——這是我對秋茶的第一印象。

和秋茶相識數個年頭，不論是中世紀、現代、都會男女、孤島B級片，他總能在迴異的背景下編織出讓人會心一笑的故事；更難能可貴的是，他筆下角色們恰如作者，往往有著豐沛的生命力以及永不放棄的執著。

《約定好的未來邂逅》是篇帶有科幻色彩的都會動作作品，但秋茶沒讓繁雜的設定壓縮故事的流暢度。不論你喜歡俐落的打戲、勵志的成長故事、還是浪漫而刻骨銘心的愛情，相信你都能在《約定好的未來邂逅》中邂逅一位獨具巧思的作家。

推薦序

小說作家　九方思想貓

與秋茶的相識，最早是從側面開始的。

當時我在「原創星球」這個小說平台上，得知秋茶這位老兄非常有意思，他不但擁有對作品細緻的觀察度，更有一套自己對文創作品的獨到見解，因此我第一次拜讀了他對許多網路作品的品評。

那是我對秋茶的第一印象：細緻。

後來，我開始拜讀他的其他網路小說作品，在其中更能感受到對故事脈絡的掌控能力，有跡可循的老練感，這如果不是經過長時間的練習，肯定是做不到的。後來在稍微深交之後，才知道秋茶老師已經在寫作上耕耘超過十年以上的光陰。

這是我對秋茶的第二印象：堅持。

其後，秋茶老師的第一本商業出版小說《關於我在災難科幻故事裡擔任保全一事》出版了，那有笑有淚、有驚有險，吐槽裡一再摻和著生死關頭的激烈交鋒，在俏皮又膽小的保全身上一再體現出真正的英勇，那些能讓人會心一笑的橋段無數次讓我經驗到秋茶獨樹一幟的幽默感。

便是我對秋茶的第三印象：幽默。

這樣的秋茶，能夠以他不容易模仿的奇趣筆鋒，深化一些平常難以觸及的心理議題。那些經常在他人眼中是尋常芸芸眾生的雜魚角色，在秋茶的手裡，便搖身一變成為甘草人物。

更有甚者，他們成為了主角。

在本作《約定好的未來邂逅》當中，各位可以看見身份平凡的主角徐嘉昕，不受祝福地擁有了與凡人並不相襯的超能力，他的生活風景該有多麼衝突。一面思索自己什麼是辦得到的，一面拚命以雜魚一般的體能、判斷力做出盡可能正確的抉擇，在吐槽和抱怨裡，去發現生活裡處處是珠機，而面對自己本來渴求平凡的人生，他又勇敢做出了什麼約定。

「甘草人物」是如何成為「甘草主角」的？創造了許多甘草主角的「雜魚系小說家秋茶」，我誠心邀請各位，去品嚐他新沖的這一杯好茶。

那是甘甜中有苦澀，既清新且火燙，令人悠然神往，對「得來不易的平凡」更深自珍惜的新茶。

請帶著輕鬆、愉快的心情，去品嚐這本書吧，相信各位也會像我一樣，非常享受這段故事的。

推薦序

網路作家　該隱

有云：制霸台輕，無人可比，時代先驅「御我」、文壇砥柱「啞鳴」

我云：笑談風生，無人可及，後記之王「小鹿」……幽默鬼才「秋茶」！

何為幽默？每個人都有屬於自己的標準，卻默契地有著相同的定義。

「能讓他人發自內心會心一笑的才能」——就是幽默。可惜多少創作者不解其意，埋頭在鑽研這句話裡的「笑」字，卻忘了最為根本的「心」。

秋茶的幽默，不僅能讓人勾起嘴角享受笑話的愉悅，更能從字裡行間品茗到他投注在故事中的心血。那既是秋茶這名作家迄今為止堆砌的經驗，亦是他看清自己身處的世界後得到的總結。

而現在，我誠摯推薦飽受現實折磨的您打開這本書，一同踏入他所締造的幽默領域。

然後——見證即將於台輕奔騰翻湧的「後浪」吧。

目次

序章　預知未來的青年

「嗨嗨，今天要喝些什麼？」

「兩杯特大冰美式，一杯寄杯。」

疑似常客的男上班族，在早晨尖峰時段的櫃檯等候咖啡。

站在櫃台側邊的，是一名同樣在等候飲品的青年學生。

正在領取手遊登入獎勵的他，因為上班族和店員的對話，不經意抬頭，將視線移了過去。

僅僅一瞬間的注視，就令青年感到頭暈目眩，視野頓時模糊了起來。

他看見顧著手錶時間的上班族，捧握咖啡小跑步離開超商，結果在路口轉角被掉下來的招牌砸中頭部，血流如注倒地的畫面。

「先生，你的大杯冰拿鐵好了喔。」

「啊、不好意思，謝謝妳。」

店員的提醒，讓恍惚的青年回神，趕緊接過自己的咖啡。

突如其來的幻覺，使青年感到不知所措。

似乎在盤算什麼的他杵在原地，打開咖啡蓋子啜飲了一口，視線餘光盯著表情焦急的上班族。

最後青年嘆了口氣，下定決心似的邁出腳步。

結果才走沒兩步，他就踢到自己的腳後跟，整個人往前絆倒，打開蓋子的咖啡，正巧飛濺到上班族的制服袖子，咖啡在白色布料上暈染開來。

「搞什麼東西啊你！」

「對、對不起！」

青年的無心之過成為目光焦點，氣憤的上班族將咖啡放回櫃檯，從公事包裡取出袖珍型面紙，嘗試挽救已被咖啡滲透的衣服。

就在此時，外頭突然傳來一聲巨響，就連預知到事情發展的青年，自己也嚇了一跳。

原來是四樓年久失修的老舊招牌，整塊脫落砸中路面，強度之大使得附近的地磚龜裂粉碎，招牌也扭曲變形。

再次向對方低頭道歉後，趕時間的上班族摸摸鼻子自認倒楣，快步離開了超商。

青年隨後也穿越外頭聚集的人群，離開了現場。

他並不曉得，這齣自導自演的獨角戲，全被隊伍裡一名散發冷傲氛圍的黑髮女子看在眼裡。

即便在兩人離店後，她的視線依舊緊盯著入口處的自動門。

第一章　兩人的初次見面

青年的名字是徐嘉昕，是大學一年級的新生。

相貌平平的嘉昕，實際上擁有一項特異功能。

是的，他擁有預知未來的能力。

更準確一點來說，能夠預知某人即將到來的死亡。

效力僅限數公尺內視線可及的對象，時間則是數秒至一小時不等。

嘉昕本人沒有做過測試，僅僅是藉由長年累積的經驗，整理出能力大致的法則。

畢竟生活周遭頻繁發生事故，本來就不是件尋常的事情。

這項與生俱來的詭異能力，帶給他童年很大的陰影，不僅經常被同儕戲弄，還被大人們當成奇怪的孩子。

起初父母替兒子四處求醫問診，甚至寄託宗教的力量，但是都無法消除這詭異的能力。

為了不讓父母擔心，上小學以後，嘉昕便謊稱自己看不到那些畫面了。

既然無法擺脫，就只能跟它和平共處，現在他已是司空見慣。

對嘉昕而言，那些時不時出現的預知景象，如同在課堂上發呆時，突然被老師點名上台解數學題一樣，比起驚恐，更接近尷尬的程度。

就拿今天早上為例，其實只要叫住那位上班族，拖延幾秒便可。然而他當下並沒有想那麼多，單純覺得用咖啡潑在對方身上，這個點子蠻好的，可以爭取不少時間。通常都是事後才想到，當時或許有更好的做法。

一面思考被咖啡潑濺到的衣服該怎麼清理，嘉昕一面抄寫黑板上索然無味的筆記。隨著下課的鐘聲響起，宣佈到來的午休，讓早起上完四節課的身心得到了紓解。

剛走出教室，嘉昕就遇到幾位同學過來搭話。

「嘉昕，你要跟我們去吃飯嗎？下午的行程再一起過去。」

「抱歉，我今天早上趕著出門忘記餵貓了，中午得回去一趟。」

「原來你有養貓啊，下次讓我看看吧，我家也有養兩隻花貓哦。」

「嗯嗯，不好意思我先走囉。」

明明是跟同學搞好關係的重要時期，卻得因為餵貓這點小事回去，嘉昕無奈地垂肩嘆了口氣。他揹著側背包離開教學大樓，踏上返回租屋處的道路。

正午，金黃色太陽高掛晴朗的藍天，和煦陽光透過樹梢灑滿地面，將人行道點綴的閃亮無比。來來往往的人潮，此起彼落的招呼聲，彰顯街道的朝氣蓬勃。初秋的微風迎面而來，輕輕吹動瀏海，增添幾分涼爽的氛圍。

晴朗無雲的好天氣，外加早上久違地做了件好事，嘉昕心情格外愉快，產生了一種即將發生好事情的預感。

步行約十分鐘後，嘉昕回到位於舊公寓二樓的租屋處，掏出鑰匙打開發出嘎咿噪音的老舊鐵門。

推開木門進到陽台，屋子的紗門由於軌道變形難以滑動，不對特定角度施力的話根本打不開，進出屋子因此變成了件擾人的事情。

一房一廳一衛浴的八坪小套房，是單身租屋族的首選。

因為靠近大學，租金又便宜，當時看完房間的嘉昕，立刻就跟房東簽了一年租約，沒想到這卻是他惡夢的開始。

撇除家具老舊的問題，明明不是頂樓，不曉得為什麼下雨天牆壁會漏水。

天花板的隔音也很差，房東的狗整天跑來跑去，樓下都聽得一清二楚。

他在開學前兩天才正式搬進來，住不到半個月的時間，就已經感到相當煩躁了。

俗話說一分錢一分貨，是被便宜租金吸引上鉤的自己愚蠢，嘉昕深刻的體會了這句話的道理。

他連同早餐的份，將藍色的塑膠飼料碗盛滿，對著房間方向喊道：

「吃飯囉，佩可。」

黑白相間的公貓佩可，不打半個招呼，過來就把臉埋在飼料碗裡，一個勁的猛吃。

聽見主人回來也沒有露臉，直到呼喚吃飯才從房間裡跑出來，讓他無奈地拉長了臉。

「我是不是該少放點飼料啊，照這個速度下去，你遲早會變成大肥貓。」

嘉昕搬進租屋處的第一天，這隻貓突然出現在陽台邊搔抓玻璃，吵著要進到屋子裡。

放牠進來後也一副不怕人的模樣，從此便理所當然的住下來蹭飯。

「人家都說貓皇會自行尋找奴隸，可見一點也沒說錯。」

準備完皇上的御膳，嘉昕坐到沙發打開便當大快朵頤，順便切換電視頻道，尋找適合配飯的節目。

新聞正好在播報一則火災的現場直播，令他訝異的是，地點竟然是母親所住的大樓。

嘉昕立刻拿起手機，滑動通訊錄搜尋母親的名字，伸出的手指卻停在半空中，遲遲沒有按下撥號鍵。

此時母親傳來的訊息，先一步向他報了平安。

訊息內容是她正好出門買菜，幸運地逃過一劫，現場火勢已經被控制住了，沒有燒到二樓以上的樓層。

新聞報導說因為有住戶第一時間發現起火，所以沒有造成人員傷亡。

鬆了口氣的嘉昕癱坐在沙發上，同時反省不成熟的自己。

嘉昕母親住的地方，距離這邊僅有電車五站的距離，但他還是選擇搬出來一個人住。

母親也尊重嘉昕的決定，沒有多作挽留。

要問原因的話，就是他和母親之間存有芥蒂。

十歲的時候，嘉昕的父母起了爭執鬧離婚，理由歸咎於個性不合，他本人也沒有細問過詳細情況。

唯一可以確定的是，當時母親放棄爭取扶養權，乾脆地選擇離開，讓年幼的嘉昕感覺遭到了拋棄。

直到一年前，嘉昕的父親因心臟病發逝世，他才搬去和母親一起住。

嘉昕的母親並未再婚，經營著一間咖啡廳，她對久未謀面的兒子相當友善，但嘉昕內心仍對當年的事情無法釋懷，刻意與母親保持距離。

毛茸茸的觸感忽然貼上嘉昕小腿，打斷了他的回憶。

吃飽飯的佩可弓起身體，用背部磨蹭奴隸的右腳。

「好乖好乖。」

嘉昕伸手去撫摸牠的後背，感受滑順黑亮的貓毛，結果才摸沒兩下，佩可就抽身跑走了。

「果然貓就是貓，真夠任性的。」

看看時間差不多了，嘉昕把吃完的便當盒連同免洗筷扔進陽台快滿出來的回收袋，收拾東西準備出門。

同一時間，市立美術館的展覽廳內，一雙黑色的高跟鞋踩在光澤透亮的磁磚，發出清亮的步伐聲。

這雙鞋子的主人，是位留著及腰紫色波浪長髮的女子。

粉色窄裙凸顯出她婀娜多姿的身材，加上一字領荷葉邊白上衣，露出豐滿的事業線，再再吸引路人們的側目。

跟在女子後頭的，是九名身穿工作服的男性。

他們提著手提箱，鴨舌帽壓得低低的，不與任何人進行視線交流。

一群人走進員工專用的通道，見到陌生的大陣仗人馬，工作人員立刻上前攔阻。

「不好意思，請問各位是？」

領頭的女子微微一笑，撩起掛在胸前的工作人員證件。

「你好，我們是萊特先生的修護團隊，前來查看參展作品的狀況，稍早之前有打過電話知會。」

「不好意思，請稍等一下。」

工作人員稍微退開，用腰後的對講機查證，確認完畢後禮貌地點頭致意，伸手拉開圍住的紅龍。

「讓您久等了，顏雨詩小姐，裡面請。」
名為顏雨詩的女子，回以充滿魅力的微笑，帶領停滯的隊伍再次前進。
細長的走廊上，臉龐失去笑容的她，回首對身後的其他成員說道：
「再重申一次，這次的目的是製造恐慌，千萬別給我節外生枝。」
其中一名臉上有刀疤的男子，語帶不滿的回答：
「製造恐慌？我以為是來奪取藝術品的。」
「藝術品對組織來說沒有任何價值，還是說難得來美術館，你們這些人不搶點東西就手癢難耐？」
忽然想到什麼的女子，停下腳步向後轉身，對大夥鄭重地提醒：
「順帶一提，這次任務禁止殺害平民，不聽指示的話，會受到一點小小的懲罰。」
不明所以的規定，讓一夥人不解地面面相覷，最後還是一如既往的接受了指示。
「是的、雨詩大人。」
滿意手下們的乾脆回答，雨詩臉上再度泛起笑容，她張開雙臂笑著說道：
「很好很好，那麼各位，讓我們開始佈置派對的場地吧～」

隨著安全門的警示燈閃爍，電車緩緩駛入站點。
嘉昕加快腳步跑下手扶梯，在車廂門尚未關上前達陣。
安全上壘的嘉昕，正準備找位置坐下，突然從背後傳來的衝擊，讓他腳步不穩差點跌倒。
「不好意思！」

原來是一名年約二十出頭的女性，跟在嘉昕後頭衝了進來。

或許是尷尬的緣故，女性深深低頭致歉，慌張地快步走向隔壁車廂。

沒有太在意的嘉昕，十五分鐘後在市中心站下車，一出車站檢票口，現代風格的別緻建築立刻映入眼簾。

流線型的玻璃牆幕，奇形怪狀的屋頂，從上空俯視像隻鯨魚，可以看得出設計者的創意與巧思。

為了撰寫通識課的報告，嘉昕和組員約好今天一起參觀美術館。

由於是平常日的緣故，車站前的廣場沒有太多人潮，僅有兩個流動攤販，以及帶著孩子出門踏青的家長。

他穿過廣場前往鯨魚正面的入口，很快就找到同學們的蹤影。

「嘉昕，這邊這邊。」

在售票處購買四張學生票，一行人通過鯨魚張開的大口，進入外觀別出心裁的市立美術館。

波浪型的外牆，營造出多層次的光影，讓人嘆為觀止，美輪美奐的內部，更像來到了另一個世界。

門票便宜又有情調，嘉昕突然能夠理解，學生情侶喜歡到美術館或水族館約會的理由了。

「這個週末有藝術展耶，我們是不是太早來了？」

「拜託，我們又不是真的喜歡藝術品，只是來做報告的，隨便逛一逛就回去了啦。」

同學在入口導覽牆確認展場資訊時，嘉昕注意到一支喧鬧的隊伍從後方緩緩走過。

舉著小紅旗的導覽員小姐，正帶領十幾名小學生參觀美術館。

嘉昕印象中自己上次來美術館也是這個年紀，只能說學校的校外教學活動，十幾年來都沒有什麼變化。

一位同學也發現了導覽隊伍，開口提議道：

「吶吶、我們去跟那個隊伍好不好？」

「那是人家在辦校外教學耶。」

「沒關係啦，也有一般民眾跟在後面啊。」

「贊成，導覽小姐還滿正的。」

由於兩票對一票，沒有意見的嘉昕，自然選擇了意見多數那一方。

於是四人默默跟在導覽隊伍後頭，導覽員也毫不介意遊客增加，盡責地介紹一項又一項的藝術品。

行進至二樓油畫展覽區時，興趣缺缺的同學早已無心聽講，一個點頭打瞌睡，另外兩個則顧著聊天。

「各位小朋友，有沒有人認識這幅畫作呢？」

導覽小姐刻意擋在畫作的名稱前，詢問圍成一圈小學生。

與前幾個展覽點的情形一樣，小朋友們的回答並不踴躍，放手拿書籤禮物的導覽員唱獨角戲。

嘉昕不禁感慨現在的孩子普遍冷漠，他記得以前就算不知道答案，大夥也都會為了獎品胡亂搶答一通。

「應該是米開朗基羅吧……還是畢卡索？」

眼前這幅描繪星空的畫作，雖然很眼熟，但他就是想不起來畫家是誰，腦袋浮現一些似是而非的答案。

「荷蘭印象派畫家，文森特・梵谷的創作。」

銀鈴般的女聲在一片安靜中響起，在場所有人紛紛將視線移了過去。

一位紫色捲髮的美豔女性，不知何時出現在隊伍裡頭。

「他因思覺失調症復發，割下了自己的左耳，之後在精神病院治療期間，創作了一百五十多個作品，這幅『星夜』便是其中的代表作之一。」

「是的，這位小姐對梵谷的理解相當透徹呢。」

女子精闢的講解，讓導覽小姐忍不住為其拍手，現場的小朋友也受到氣氛渲染跟著鼓掌。

她帶著輕笑點頭，接受眾人的讚許。

導覽員的解說繼續進行，嘉昕卻仍注視著站在人群後方的神秘女子。

女子抬起白皙的手腕確認手錶時間，中分的紫色秀髮露出大片額頭，給人一種自信的氛圍。

因為這個人剛才不在隊伍裡，嘉昕認定她是恰巧停下來聽講的過客。

戴著耳麥的女子，解說聽到一半就輕觸左耳，出聲應諾某人。

一結束通話，她的視線就在展區左右游移，似乎在尋找什麼，不經意和嘉昕對上眼。

視線交會的瞬間，嘉昕產生了一種怦然心動的感覺。

女子露出冷艷的笑容，撩動滑過肩頭的髮絲轉身離去。

結束近一個小時的導覽，小學生進入自由活動的環節，嘉昕等人則來到一樓大廳的咖啡座休息。

美術館雖大，禁止進入的區域也不少，沒兩三下就全部逛完了。

嘉昕下午沒有課，所以不趕著回去，既然都到了市區，他心想乾脆在附近逛逛，於是準備詢問其他人接下來的行程，此時一名同學突然指著旁邊說道：
「角落那間是不是紀念品店啊？」
「好像是耶，要不要去看看？」
「不好意思，我在這邊休息就好。」
「那我們去去就回。」
對紀念品一向沒什麼興趣的嘉昕，拿出手機瀏覽市區景點，為下午的行程做打算。
「我看看，市區十大必去……嗚哇，都是些約會的場所，不然就是網美拍照的景點。」
不僅不適合幾個大男人去，而且感覺還很花錢。
嘉昕打消閒逛的念頭，決定回學校一趟，他也差不多該決定要加入哪個社團了。
大學的三大學分，愛情、課業、社團，至少得先修到兩個才行。
「好了，大家過來這邊。」
遠處的班導師，正在呼喚學生集合清點人數，排成兩路的學生，不安份的在隊伍裡打鬧。
這幅充滿活力的畫面裡，嘉昕注意到一絲不協調的地方。
寬敞空曠的大廳，工作人員的數目意外地多。
至少有五名穿著工作服的男子，散落在大廳的各個角落。
他們看上去無所事事，就只是提著手提箱站在那裡發呆。
忽然間，所有的工作人員不約而同動了起來。
其中兩名男子，分別從不同的方向往那群學生走去。

接著，他們從手提箱裡掏出了一把衝鋒槍。

震耳欲聾的槍聲，瞬間傳遍整座美術館，嚇得所有人抱頭蹲低。

「什麼！發生了什麼事⁉」

目睹這一切的嘉昕，腦子沒能理解眼前發生的事情。

對空鳴槍的數名匪徒，使場面陷入一片驚恐，尖叫聲頓時四起。

「所有人，給我乖乖待在原地別動！」

兩名匪徒用槍指著學生團體，恐慌的師生瑟瑟發抖。

「喂喂喂、這該不會是在拍電影吧⁉」

持續的對空鳴槍，導致天花板的玻璃碎裂，大量的碎片散落在隔壁空無一人的座位上。

確定不是在拍電影的嘉昕，一把抓起側背包準備閃人。

結果才剛轉身，立刻就撞見另一名持槍匪徒朝這邊走來，嚇得他一屁股坐倒在地。

「那邊的小子，給我過去跟其他人一起待著！」

「好、好的！」

屈服暴力的嘉昕，二話不說便束手就擒。

他兩手抱頭，走到大廳中央和那群學生一起成為人質，陸續也有其他民眾被帶過來集中看管。

因為沒看到同學的身影，嘉昕只能祈禱他們有從其他出口順利脫逃。

只是來美術館參觀，突然就遭到恐怖份子挾持，讓嘉昕錯愕至極。

發生這種事的機率，恐怕比被雷打到還低。

四十多名人質坐在大廳聽候發落，此時一名像是首腦的女性、緩緩踩著高跟鞋，悠然自得地走了過來。

「雨詩大人，來不及逃走的人全在這裡了。」

「很好，通知裡面的人，把東西運出來。」

定睛一看，眼前的女性正是方才在樓上解答星夜的女子。

因為對方戴了一副化裝舞會用的黑面具，嘉昕第一時間才沒認出來。

走到人群面前的雨詩，露出不輸給導覽員的親切笑容。

「親愛的市民們午安，為尊重藝術創作，使每位參觀者都有愉快體驗，請遵守下列事項，保持安靜勿大聲喧嘩，並且交出各位的手機。」

在槍口的注視下，眾人紛紛交出手機，嘉昕也依依不捨的把剛換不久的新手機放了上去。

三十幾部手機疊成一座小山，畫面意外地壯觀。

一名匪徒上前，舉槍便是一陣掃射，零件四散飛濺，智慧的結晶瞬間化為成堆廢鐵。

近距離的槍響太過震撼，不僅小孩就連大人也忍不住摀耳發抖。

雨詩見狀兩手合掌，再次展露出燦爛的笑容。

「感謝各位的鼎力配合，我們另外準備了餘興節目，還請拭目以待。」

「咳、麥克風測試、麥克風測試。」

捧握麥克風的雨詩，站在大廳活動用的小型舞台上試音，絲毫不理會外頭傳來的警笛聲。

美術館位於市中心，警力自然出動得快，但是這點程度的人力，無法應付配有重火力的匪徒，頂多就是封鎖現場。

雨詩看準攻堅部隊稍後才會抵達，加上手裡握有保險，因此被團團包圍也面不改色。

一名匪徒不曉得從哪推來攝影機，正對大廳附設的活動用小型舞台。

測試完麥克風，她走上舞台，對著攝影中的鏡頭笑著揮手。

「哈囉～收看直播的觀眾朋友們大家好，我是小雨，我們現在位於市立美術館內，並且挾持了四十八名人質哦，請各位看看他們恐懼的表情～」

攝影鏡頭轉向人質，臉色鐵青的眾人，不敢發出任何聲音。

「看來我們的現場來賓過於害羞，但是沒關係，馬上進入我們今天的主題──《寶物二選一》，拍手拍手～」

於此同時，看起來就貴到不行的藝術品，一個接一個被用拖車運了出來。

「相信大家都知道，藝術品的價值來自文化和精神層面，一幅看似不起眼的字畫，也有可能價值連城。歷史悠久的名畫古董，其價值更是難以衡量。」

「那麼，跟人命的價值比較起來又如何呢？」

此言一出，底下的人質開始便躁動，不安的情緒迅速擴散開來。

「有人認為人命不該被量化，但是這個社會卻時常拿來人命來比較；富人的命比窮人值錢；孩童的命比老人值錢，保險公司更為此制定不同的保費，藉以謀取利潤。」

「許多人即便辛勞一輩子，也不見得買得起這些要價不斐的藝術品。那麼這些人們眼中的寶物，和宣稱無價的性命，究竟哪邊比較重要呢？今天我們要來探討這個議題。」

至此，嘉昕確信了這群人腦袋有病，而且是最病態的那種。

「大人，已經接通了。」

雨詩接過電話，手指捲玩起髮尾。

「您好，請問是警政署長嗎？哎呀，您有在看直播呀，小雨太高興了。」

「訴求？我沒有什麼訴求喔，真要說的話，接下來我會帶一名人質和一件藝術品上台，只有其中一邊能留下，麻煩您負責評審了。」

「臭小子、給俺放手！」

匪徒抓起一名老爺爺，強行將人拉上台，並在台下用槍指著示意要他安份點。

面對情緒激動的老人，雨詩將麥克風遞上前去。

「老爺爺，您叫什麼名字？」

「你們這群惡棍，要是俺再年輕個十歲，早就一拳打死你們了！」

「看來這位爺爺不想和觀眾自我介紹，錯失了難得可貴的走紅機會。」

接下來被運上台的，是一個看起來十分名貴的瓷器，精美的藍白色紋路線條，呈現出別緻的古典美。

「那麼首先是這位白髮蒼蒼的老爺爺，而這一側則是唐代景德鎮的青花瓷，究竟哪邊能留下來呢？如果五分鐘內署長沒有給出答案，我就會將兩邊都銷毀哦。」

掛掉電話的雨詩，對鏡頭展露一個甜美的笑容，將老人跟瓷器留在台上，走下舞台走到咖啡座休息。

「老伴，俺馬上就要去見妳了。」

老爺爺呼喊過世的妻子，閉著眼睛直發抖。

嘉昕認為警方不可能選擇藝術品那邊，但是又懷疑警政署長是否有權利做決定，內心不免對人質們的死活感到擔憂。

隨著時間一分一秒過去，五分鐘的時限即將到來，雨詩再次拿起麥克風，帶著和悅的表情走上台。

「好的，警政署長大人，您的最終決定是？」

她撥通電話，聽取對方的答覆，櫻桃色的嘴唇泛起壞笑，雨詩伸出的纖細手指輕輕一推。

清脆的聲音響徹大廳，唐代的青花瓷成了滿地的碎片。

「太可惜了，看樣子署長認為這個歷史悠久的瓷器，比不上這位風中殘燭的老爺爺，選擇了讓其報銷。」

她明知警方不會枉顧人命，卻還是把選擇權交到對方手裡，無疑是在戲弄對方。

匪徒帶著老人下台後，又抓了一名泫然欲泣的小女孩上台，同時推來新的藝術品。

「竟然連小孩也不放過，這群喪心病狂的混蛋。」

無視人群裡的咒罵聲，雨詩親切地抱膝蹲下，和女孩視線平行，將麥克風遞到她面前。

「小妹妹，妳叫什麼名字？」

「黃雅潔……」

「雅潔小妹妹，妳現在心情怎麼樣？」

「我想……我想回家……」

淚水在女孩的眼眶打轉，哽咽的聲音幾乎快說不出話。

「放心，外面的警察叔叔，一定會讓妳平安回家的哦。」

結束裝模作樣的善意，她接著揚聲介紹下一個藝術品。

「好了，接下來登場的雕塑，在紐約拍賣會上以九千萬美元售出，號稱世界最貴的兔子——」

此時一名匪徒急忙跑上台，打斷了這場瘋狂的直播。

「監控室回報，後門那邊有動靜。」

「後門是吧？好的，我瞭解了。喬治，可以動手囉。」

雨詩對耳麥一聲令下，伴隨建築物的晃動，後方突然傳來一陣巨響。

眾人往聲音來源的方向望去，注意到鯨魚尾巴的位置塵煙漫天，玻璃外牆整片坍塌，整截尾巴與本館分離開來。

內外一片混亂之際，笑容燦爛的雨詩，對著鏡頭發出警告。

「包圍美術館的朋友們，勸你們最好別輕舉妄動，這棟建築物一共裝了四十幾個炸彈。要是引爆太多次，這隻鯨魚很有可能會直接被炸垮，屆時我們就會和人質一起被壓成肉醬哦。」

突如其來的炸彈攻擊，加深了現場恐懼的情緒，有人甚至哭了出來。

「哎呀，觀看人數已經來到五千萬了，為了不讓觀眾久等，我們立刻進入評審環節，這位前途無量的小朋友，是否有九千萬美元的價值呢？」

於此同時，二樓的走廊上，一名黑髮女性從扶手的縫隙窺視大廳狀況，確認四下無人後，開啟耳麥進行通訊。

「局長，我是子晴，你現在有收看直播嗎？」

另一頭立刻傳來男性頭疼的聲音。

『全世界都知道了，真是的，偏偏挑在我休假這天。』

「星之使徒怎麼會出現在這裡？」

『那群人在哪出現都不奇怪，這次沒有我們出馬的份，保險起見我還是準備讓政凱前往現場，妳現在人在哪裡？』

「我已經在美術館裡了。」

『什麼！妳怎麼會在現場!?』

「沒時間解釋了，我要去處理炸彈，請局長聯繫警方，請他們隨時做好二次攻堅的準備。」

名為子晴的女性，原本只是在車站巧遇嫌疑目標，進而展開跟蹤，沒想到會碰上這種大事件。

『不行，太亂來了！』

「總得有人阻止他們，現在能行動的人只有我了。」

擅自結束通訊的子晴，朝緊急疏散用的逃生樓梯走去。

按照以往的經驗來看，一向以小隊行動的星之使徒，人數不會超過十人。

剛才她在大廳看見八人，也就是說監控室那邊應該剩不到兩人。
她推開安全門，靜悄悄的來到一樓，貼靠牆壁避開沿途的監視器。
確認所有人注意力放在舞台的直播後，轉彎溜進工作人員專用的走廊。
狹長的走道上，唯有盡頭的轉角處設有監視器。
直接走過去絕對會被拍到，但是眼下也沒有其他選擇了，事到如今只能祈禱不會被拍到。
下定決心的子晴加快步伐，準備一口氣闖過監視機的拍攝範圍。
結果監控室就在轉角第一間，她因此正面碰上把守在此的兩名匪徒。
「這女的是誰⁉」
驚慌失措的子晴來不及調整姿勢，索性直接撞進其中一人懷裡，壓住掛在胸前的衝鋒槍，並用它朝坐在椅子的另一名匪徒開槍，成功擊斃對方。
男子將子晴往旁邊推開，順勢壓制在牆，抬起槍身緊緊抵住咽喉，試圖讓她窒息。
「……唔！」
不敵男性的力量，子晴臉色迅速漲紅，她往對方胯下狠狠一踢，痛得對方彎腰低頭，這才脫離險境。
「媽的！這臭娘們！」
憤怒的匪徒舉起衝鋒槍，沒料到子晴早已抬腿，使出一記迴旋踢將槍口踢歪，子彈全數射偏，在牆面留下大量彈孔。
她趁勢拉近距離，抽出對方腿側的手槍，緊貼匪徒側腹，連續扣下三次扳機，沒有半點猶豫的了結匪徒性命。

結束戰鬥的子晴並未鬆懈，剛才的槍響很有可能會讓對方注意到這邊的異狀，因此確認沒有藏在附近的第三者後，她立刻進行通訊聯繫。

「局長，我已經控制住監控室了，請聯繫警方儘快進行攻堅。」

五分鐘的時限再次到來，警方這次也理所當然的選擇了人質的性命。

「果然是前途似錦的孩子重要，請動手吧。」

一臉惋惜的雨詩，牽著痛哭流涕的女孩走下台，取而代之的是捧握大鐵鎚的匪徒朝藝術品走去。稍微活動關節熱身，他便舉起沉重的鐵鎚奮力敲打。

兔子造型的不鏽鋼雕塑，在狂敲猛打下扭曲變形，成了一坨看不出形狀的金屬團。

抱膝坐在嘉昕身旁的一名女性職員，突然縮起身子把臉埋進胸口。

嘉昕以為她面臨崩潰邊緣在暗自啜泣，正打算說點什麼安慰她。

如同電流通過腦袋般，他的額頭突然感到一陣刺痛，慣例的預知畫面再次出現在眼前。

正偷用手機進行錄影的女子，因為突然其來的訊息通知發出震動，讓附近匪徒聽見。

他們發現女子私藏手機，於是抓住她的頭髮把人拖到一旁，在淒厲的喊叫聲中將女子擊斃。

預知畫面消失後，嘉昕忍不住握拳發火，認為這女的肯定想紅想瘋了，不僅沒把手機交出去，竟然還敢在那邊錄什麼影。

手機隨時會發出震動，為了避免這女的在物理層面紅起來，嘉昕決定要阻止她繼續錄影。

「把手機……關掉……」

他用細若游蚊的細微聲音發出警告。

女子微微搖頭表示拒絕，完全不曉得事情的嚴重性。

「訊息……禁音……危險……」

面對二度警告，女子這次直接挪動屁股，打算遠離嘉昕。

火氣一來的嘉昕，直接把手伸了過去，打算抽走手機。

「你幹什麼、放手！」

「噓！安靜點，我是在救妳。」

因為女子極力反抗，嘉昕只好加大力道，兩人就此展開拉鋸戰。

沒想到女子突然鬆手，一拉一扯之下，手機被甩飛了出去，嘉昕急忙轉身飛撲，依然沒能接住手機。

重摔在地的手機，滑行了好一段距離，加上訊息發出的震動聲，吸引周遭所有人的目光，無疑宣判了死刑。

他懊悔地咬牙切齒，出拳捶打地面。

「該死，這下換我要爆紅了！」

「你小子很有種嘛。」

一名臉上有刀疤的匪徒走了過去，一把抓住嘉昕後領，將他整個人拖到一旁遠離人群。

匪徒鬆手走到嘉昕正面，對貼伏在地的他抬起武器。

面對凶險的槍口，嘉昕因恐懼全身僵硬無法動彈，寒毛猛然直立。

顫抖的咽喉發不出聲音，時間彷彿凍結般煎熬。

隨著槍聲響起，頓時鮮血四濺，目睹這一幕的人們無不發出悲鳴。
「……欸？」
遭子彈爆頭倒地的人，居然是準備開槍的匪徒。
對他開槍的人，並非警方的狙擊手——而是顏雨詩。
就連匪徒們也震驚不已，臉上各自浮現不敢置信的表情。
「我說過了，違抗指示會對各位實施懲罰。」
意想不到的發展，讓嘉昕大難不死活了下來。
走到手下屍體旁邊的雨詩，俯瞰趴在地上的青年，嘴角勾起美麗的弧線。
「也必須給這位擾亂秩序的小弟弟，一點小小的懲罰才行。」
甜膩而危險的腔調，讓嘉昕再度繃緊神經。
緊接而來的一腳命中腹腔，紮實沉重的踢擊，讓他午餐吃的東西差點全吐出來。
「可以的話我不想這麼做呢，白色是我今天的幸運色。」
雨詩蹲踞在地，欣賞嘉昕痛苦的表情，接著一把揪住他的頭髮將臉往上抬，近距離貼近耳邊說道：
「下一個就由你上台好了，接下來的作品，是我很喜歡的一幅畫哦～」
突如其來的槍響，打斷了毒蛇的低語。
藏身柱子後方，等待裡應外合的子晴，撞見剛才青年扔出手機被逮住的那一幕，感到頭痛暈眩的她輕按額頭，嘴角泛起異樣的笑容。

「那個傢伙，果然是我們要找的人……」
伴隨突如其來的槍響，無數的催淚彈投射而來，釋放出大量白煙，大廳頓時煙霧瀰漫。
入口處傳來騷動聲，大批全副武裝的警察和反恐小組部隊湧了進來。
「喬治，大門被突破了！喬治！」
耳機另一端沒有回應，雨詩立刻明白了狀況。
「嘖、被幹掉了。」
「雨詩大人，現在怎麼辦!?」
一名躲在掩蔽物後方的匪徒，慌張地尋求指示，對話的同時也有夥伴陸續被放倒。
「傻子，當然是還以顏色了，我只說禁止殺害平民，沒說過不許對警察開槍。」
雨詩作為表率，舉起手槍朝門口方向射擊，手下們立刻跟進展開反擊。
混亂之際，一陣腳步聲從後方逼近，雨詩沒有聽這槍戰裡的細小動靜，二話不說轉身開火。
偷襲遭識破的子晴，立刻躲到另一根柱子後方。
「夏子晴，你這老女人，又想來礙我們的事嗎？」
子彈一發又一發打在梁柱邊緣，牽制子晴的行動。
盤算對方子彈也差不多該耗盡了，子晴悄悄探頭，驚覺對方已經來到了自己面前。
她急忙舉槍，武器卻被雨詩一腳踢飛。
「太依賴槍械可不行哦。」
抬起的右腳朝子晴頭部落下，她雙臂交叉，用手腕接住這紮實的一踢。

「不管你們在這裡的目的是什麼，我都不會讓星之使徒得逞！」
子晴兩手抓住雨詩右腿，使勁往旁邊全力一甩，後者一個華麗地側翻，靈敏的落地。
「呵呵，那麼很可惜，妳來晚了一步，讓星星降臨的準備工作，早就已經完成了。」
「什麼意思!?」
附近一名匪徒中槍倒地，吸引了兩人的目光。
雨詩注意到場面隨時會支撐不下去，於是露出笑容，往後退開拉開距離。
「哎呀，看來是時候撤退了，我們下次再會吧。」
「慢著、顏雨詩！」
子晴飛奔撿起掉落的手槍，才剛舉槍瞄準，突然其來的一顆催淚彈落在兩人中間，噴發而出的白色煙霧，遮掩她的視線。
「白色果然是我的幸運色呢。」
留下一副得意的神情，對手的身影徹底消失在白煙之中。
隨著場面受到控制，人質全數成功救出，這場惡夢般的挾持事件終於宣告落幕。
遭到封鎖的美術館，大批媒體記者聚集在外，醫護人員忙進忙出，用擔架抬走受傷的員警。
嘉昕及其他受害者坐在美術館一角，醫護人員正逐個檢查狀況。
除了被催淚彈嗆得涕淚滿面以外，人質基本沒什麼大礙，嘉昕挨的那一腳也已經不怎麼痛了。
現場只有五具匪徒的屍體，可見首腦顏雨詩和其餘手下逃跑了。

犯下這種恐攻等級的案件，若是沒有飛天遁地的本領，絕不可能逃之夭夭，嘉昕估計那群人大概已經在某處被抓到了。

或許是從槍口下撿回一條命的緣故，嘉昕仍處在驚魂未定的狀態。

他呆然望著窗外的天空，依舊是晴朗無雲的藍天，彷彿今天發生的事情都是假象一樣，明明身歷其境卻缺少真實感。

「不好意思，這位先生，我想和您確認事件發生的經過，請往這邊走。」

一名身穿制服套裝、戴墨鏡的女性，上前和恍神的嘉昕搭話。

由於對方有出示警徽，所以嘉昕不疑有他的便跟著走。

嘉昕認為可能是要做相關的筆錄，但是不曉得為何只有他一個人，猜想八成是自己與那名疑似首腦的女性有過近距離接觸。

因為手機壞了，嘉昕無法立刻跟親友報平安，要是自己的臉在電視上被認識的人看到，周遭的人肯定會更擔心。

身心疲憊的他，現在只想回去洗個熱水澡好好睡一覺。

走在女警後頭的嘉昕眉頭微皺，他覺得這個人好像有點面熟，就是想不起來在哪裡見過。

他跟著女警穿越封鎖線，兩人來到馬路邊一台黑頭車旁。

「還要搭車啊，不好意思，筆錄可以改天再做嗎？我今天很累了想先回去休息……」

面對嘉昕的請求，女警沒有多作回應，只見她打開後座車門，突然撇頭對青年背後的某人呼喊：

「政凱、動手！」

「這種時候別叫我的名字啦！」

嘉昕的眼前突然一片漆黑，他遭人用麻布袋套住，接著被一腳踹進車內。

車門關上的前一刻，他聽見女警興奮的說道：

「很好，抓到未來人了！」

第二章　歡迎來到TSAB

新車特有的異味，和悶出的一身汗臭混雜在布袋裡，加上不時經過的顛頗路面，讓不易暈車的嘉昕都感到頭昏腦脹。

由於身處一片漆黑之中，兩手又遭到綑綁，他開始冷靜分析現在的狀況。

繼恐怖份子挾持後，又遭到了不明人士綁架。

短短一天內就被抓了兩次，運氣究竟到底要背到什麼地步，才會連續遇上這種鳥事。

自己又不是什麼有錢人，個性溫和的父親也不曾與人結怨。

假設是母親店面經營不善，私底下和人有什麼債務糾紛，對方也不可能正好跑來恐攻現場綁人，天底下哪有這麼巧的事情。

路經第五次顛頗路段時，嘉昕終於忍不住對綁匪開口：

「那個，我覺得你們應該是抓錯人了……」

子晴用某種堅硬的東西抵在嘉昕臉上，嚇得他立刻噤聲。

「安份點，別動歪腦筋，否則有你受的。」

凶狠的程度完全不輸給下午的那夥人，讓嘉昕不禁懷疑自己到底是做錯了什麼，必須受到這種對待。

綁架犯的車輛持續行進，車內的空氣靜得嚇人，唯有塞車時車陣裡響起的喇叭聲傳進耳裡。

似乎受不了這股沉悶的空氣，剛才負責套布袋的男性駕駛，打開了電台收聽廣播。子晴使了個眼色，讓他說了一句抱歉就把廣播給關掉。

隨著綁匪抵達目的地，兩人在引擎熄火後下車。

嘉昕聽見一群人的腳步聲逼近，好幾雙手將他整個人抬了出去，像貨物那樣被一前一後合力搬運，進入電梯往上層移動，最後被安置在某個房間內的一張椅子上。

不久後，關上的房間門再次打開，蓋在嘉昕身上的布袋被取了下來，露出他滿頭大汗的狼狽模樣。隔著桌子出現在他面前的，是一位年約四十歲，身著白襯衫，臉上留O型鬍，看起來文質彬彬的大叔。

「不好意思，我的部下手段有點粗魯，我在這裡先代他們向你致歉。」

另一名同樣穿著素色襯衫的紅髮男子，在嘉昕手腕內側貼上連接線路的奇怪貼片，旋即關門離開，留兩人待在一坪大的房間內。

「來杯咖啡如何？我自己泡的，或者你要喝水也可以。」

「……咖啡就好。」

雖然嘉昕很想抱怨，雙手被綁住很難拿杯子，但是想也知道對方不會替他鬆綁。

大叔拿起桌上的咖啡壺，往紙杯裡倒了一杯遞到他面前，之後也倒滿自己的馬克杯。

在對方啜飲第一口以後，嘉昕也放心地拿起來喝，熱咖啡對滿頭大汗的他來說無異於拷問，然而聊勝於無。

「所以呢，你們抓我來做什麼？」

他的視線往房間後方的大片玻璃望去，一見到鏡中反映出的自己，就忍不住瞇起眼來。

這種構造像極了警匪片裡經常出現的審問室，從外頭看得見裡面，裡面卻看不見外頭的那種。

「別那麼緊張，我們跟美術館那夥人沒有關聯。」

聽他這麼一說，嘉昕反而更不放心。

偽造身份還當街擄人，這座城市的不法份子也太多了。

「我看看，你叫徐嘉晰是吧。」

他從襯衫口袋掏出一張身份證，明顯是從嘉昕包包內搜刮來的。

「那個字唸昕。」

「那麼嘉昕，我接下來會問你幾個問題，你只要照實回答就可以了。」

嘉昕點頭表示同意，不敢想像拒絕配合的下場。

「你的出生年是？」

「……二零一零。」

「你現在幾歲了。」

「……十九歲。」

明明手裡就拿著身份證件，眼前的這個人卻淨問一些沒頭沒腦的問題。

「你對『星星』這個詞彙有什麼想法嗎？」

「能有什麼想法，我對天文又沒有研究。」

「如果能進行時間旅行，你會做什麼？」

「買樂透。」

嘉昕覺得這回答好像太膚淺了點，但這應該是標準答案，正常有思考能力的人都會這麼做才對。

「最後一個問題……你是未來人嗎？」

「這什麼蠢問題。」

前面的問題已經夠莫名其妙了，這次更是直接讓他罵出聲來。

「請你嚴肅看待，根據回答的內容，這邊會決定是否放人。」

「開什麼玩笑，你們已經觸法了，再不放我離開小心我告死你們。」

在對方拿出刑具，或者手戴指虎的黑衣人進來以前，嘉昕都決定要據理力爭，捍衛自己的基本人權。

「呵呵，勸你還是省點力氣，我們隸屬警政單位，擁有合法的拘留權。」

輕笑兩聲的大叔，舉起馬克杯喝了一口咖啡。

「哪個單位你倒是說來聽聽啊。」

他不相信有哪個單位能在光天化日之下，隨意綁架一般民眾。

「Time-Space Administrative Bureau，簡稱ＴＳＡＢ。」

「怎麼不乾脆說是聯邦調查局，別以為落落長的講了一整串，別人就能夠聽得懂。」

「現在的大學生英文程度真差，中文的意思就是時空管理局。顧名思義，我們負責一切有關時空穿躍的案件。」

嘉昕一時語塞，只覺得眼前這個人腦子進水頭殼壞去，才會編造這種科幻小說的情節。

彷彿看穿了嘉昕內心的想法，大叔放下馬克杯，十指相交擺在臉前。

「我是認真的，信不信由你。」

「……我退個一百步，假設我真的是什麼未來人，你們打算怎麼辦？」

面對嘉昕的反問，大叔露出意味深遠的表情，兩手支撐桌面站了起來，上半身往前傾靠。

「倘若你真的是未來人，那麼接下來就不是審問，而是拷問了。」

氣勢被壓過的嘉昕，緊張地吞嚥口水，握在手裡的紙杯因為施力變形。

見對方有些慌張，大叔忍不住拍桌笑出聲來。

「哈哈哈，開玩笑的，你的嫌疑已經洗清，可以回去了。」

此時房間的門突然被大力推開，先前假冒警察的子晴闖了進來。

「慢著、局長！不能相信他說的話！」

「測謊機沒有反應，我也不認為這孩子在說謊。」

完全不怕讓當事人聽見，兩人直接在嘉昕面前對話。

雖然不確定剛才的問題跟測謊有什麼關係，至少可以確定手腕上的貼片是連接測謊機的。

「那是當然的，因為他是訓練有素的星之使徒。」

「就算他真的是未來人，也不代表就是星之使徒。」

「但是我確實在他身上感知到了扭曲的波動。」

「那不過是尚未證實的理論，這個話題就此結束，妳帶他去楊博士那裡接受檢測，然後就放人回去，記得附上補償的車馬費。這是命令，聽到沒有。」

怒氣衝衝的子晴，伸手直指嘉昕的鼻子喊道：

「很好、跟我過來！我會用數據證明的！」

嘉昕走在某棟大樓的三樓，從走廊的落地窗可以看見市中心的指標性建築，代表並沒有遠離市區。

太陽逐漸沉進都市叢林的天際線，天色已經不早了。

嘉昕不清楚這群神經病是不是真的打算放自己走，但他只能儘量配合，避免這個瘋女人又做出什麼粗暴的舉動。

「磨磨蹭蹭的做什麼，別想從這裡逃出去，我會緊盯著你。」

「拜託，未來人從三樓跳出去能夠毫髮無傷嗎？」

無視嘉昕的譏諷，子晴逕自拉開一扇門，對著裡頭說道：

「楊博士，人我帶到了。」

「是子晴啊，快進來。」

嘉昕跟在子晴後頭走了進去，房間內有一位戴著粗框眼鏡，嚴重駝背的白髮老人，因為身穿白色的實驗外袍，一眼就能看出是位研究人員。

房間裡大大小小的線路連接著一台巨大儀器，小型隧道宛如電影裡出現的全身檢測裝置。

「我看過關於你的報告了，嘉晰小弟。」

「那個字念昕啦。」

「該說你運氣好還是不好呢，所幸那夥人這次沒有造成太大的傷亡。」

「講得好像這裡三不五時就會有恐攻事件，如果這麼頻繁，還不每週都登上頭條新聞。」

沒有打算解釋的楊博士，繼續解講手邊的工作。

「為了消除子晴的疑慮，現在要對你進行一些簡單的檢測。」

楊博士站在牆上的面板前操作，看起來很先進的儀器亮起綠燈，躺板緩緩伸了出來。

「躺上去吧，放心，對人體無害的。」

「……不用換衣服？」

「不必，大可不必。」

拉長臉的嘉昕，實在很不想接受這種莫名其妙的檢測，但在子晴刺人的視線下，還是乖乖躺了上去。

「不舒服記得隨時告訴我呀。」

隨著躺板慢慢縮回，最後隔板降下，將嘉昕整個人關在裡面，就此進入了類似膠囊旅館的圓形狹小空間。

發出運轉聲的儀器，燈號由綠轉黃，內部的環形結構開始旋轉，讓他產生了空間在滾動的錯覺。

因為速度沒有很快，所以不會頭昏眼花，倒不如說持續盯著轉動的圖案有點催眠的效果，讓人昏昏欲睡。

「有沒有感到頭痛，或任何地方不舒服？」

楊博士沙啞的聲音清楚地傳了進來，可見這個儀器沒有設計隔音。

「沒有什麼特別的感覺耶。」

「咦？那現在呢，有異狀了嗎？」

環形結構的轉速往上提升，但依然在嘉昕可接受的範圍。

他覺得皮膚有些緊繃，像是冬天走到室外遇上冷空氣的感覺。

「皮膚有點緊緊的。」
「有意思，那現在呢？」
楊博士手裡的旋鈕繼續往高強度轉動，雙眼興奮地亮了起來。
環形結構的旋轉速度再次提高，運轉的聲音也逐漸加大。
不曉得跟儀器高速運轉有沒有關聯，嘉昕突然有種開車時將臉伸出車外，微風迎面吹來的感受。
「那個，好像開始有些難受了。」
嘉昕刻意誇大，好讓楊博士放他出去。
「這樣還只是有些難受啊，哈哈哈。」
「喂！老頭、你是不是在玩我啊!?」
隨著旋鈕轉至極限範圍，儀器發出詭異的聲音，燈號也從黃色變成不自然的紅色。
開始覺得不妙的嘉昕，兩手緊抓微微搖晃的躺板。通常電影裡這種走向，儀器最後都會超載爆炸。
「我頭開始昏了、放我出去啊！」
他沒有撒謊，整個空間天旋地轉，正常人都會因此眼花撩亂。
隨著燈號再次變回黃色，環形結構開始急遽減速，最後趨於靜止。
嘉昕從膠囊儀器裡退了出來，側身走下躺板，因為頭昏的緣故，腳步踩不太穩。
「呼呼呼，拿到有趣的資料了。」
早已按耐不住性子的子晴，著急地上前詢問：
「怎麼樣，博士，他是未來人嗎!?」

楊博士拿著剛打印出來的書面資料，一臉淡定的回答：

「這又不是測試未來人的儀器，數據僅供參考。總之結果我會呈給趙磊看，可以讓他先回去了。」

「不能就這麼放他走，他是我們唯一的線索！」

面對子晴的要求，楊博士只是無奈地搖頭嘆氣。

「子晴啊，我知道妳很想找到星之使徒的下落，但在錯誤的方向糾結也是徒勞無功的。」

啞口無言的子晴，表情受傷的垂下眉梢。

想早點回家的嘉昕，見兩人談話告一段落，於是立刻插嘴發問：

「那個，如果沒什麼事，我可以回去了嗎？」

因為子晴悶不吭聲，楊博士便代替回答：

「你的隨身物品我想應該在櫃檯，往電梯方向走就是了。」

把這句話當成允許的意思，嘉昕微微躬身，接著飛快地走了出去。

沿著樓層的大路走，很快就找到了電梯所在的大廳，櫃檯小姐桌上擺放的東西，毫無疑問就是嘉昕的側背包。

「不好意思，那個包包……」

他向綁著馬尾的值班小姐搭話，櫃檯上的名牌寫著『陳莉莉』三個字。

注意到嘉昕的陳小姐，將他的包包擺放至櫃台，可愛小巧的臉龐，泛起營業用的笑容。

「徐先生嗎？這是局長託我保管的，現在歸還給您。」

「謝謝。」

他確認了一下，背包內的物品都在，學生證也好好的放回了錢包。

「另外這是今天的車馬費。」

陳小姐接著遞上一個信封，嘉昕接過後因為好奇，所以當場打開來看，發現裡面裝了不少錢，讓他覺得偶爾被綁架似乎也不錯。

「這樣子就可以囉，要搭電車的話，車站在出去右轉後直走。」

「那個，我想事情想請教一下……」

因為累積過多的疑問，嘉昕離開前不問個明白心裡疙瘩。

「是的，您請說。」

「有關時空管理局的事是認真的嗎？星之使徒究竟又是什麼？」

「不好意思，我這邊是旅遊服務人員職業工會，所以不清楚耶。」

嘉昕順著陳小姐指的方向看去，電梯入口旁的招牌，三樓確實掛著職業工會的招牌，整棟大樓只有這間工會，到處都看不到時空管理局的字樣。

「還有其他的疑問嗎？」

「沒有了，謝謝妳。」

明明剛才還提到局長，擺出一副裝傻的模樣，嘉昕也不好再追問下去。

陳小姐帶著微笑揮手，目送他走進電梯。

雖然是被綁來的，嘉昕離開時的印象倒還不錯。

夜間行駛的電車，穿越依舊活力四射的都市，窗外呈現出繽紛多彩的夜景，黑暗中亮起的盞盞街燈，宛如閃爍銀河的繁星。

嘉昕靠在車門旁的擋板，回憶今天發生的種種。

早上還在大學普通的上課，下午就被捲入驚世駭俗的事件當中。

繼恐怖份子挾持後，又被神秘組織當成未來人綁架，接下來就算衣櫥開啟通往異世界的傳送門，他也不會感到驚訝了。

電車上的乘客，一如往常視線集中在自己的手機上頭。

嘉昕特別想看今天的八卦版，肯定有很多事件相關的有趣文章。

他現在就很想發一篇，被自稱時空管理局組織綁架的文，可惜絕對會被當成無聊的幻想文。

步出車站時，已經是晚餐時段的尾聲，店家紛紛開始打掃店面，做打烊的準備。

莫可奈何的嘉昕，只好在便利商店隨便買了個微波便當。

折騰了一天，讓他興起明天翹課好好休息的念頭，外面的世界實在充滿太多危險了。

他拿出鑰匙準備打開樓下鐵門，迎面而來的女性，卻讓嘉昕嚇得停下動作，臉上露出不耐煩的情緒。

「幹嘛，找我還有什麼事嗎？」

「我才想問你是怎麼找到這裡的！」

出現在嘉昕面前的人，正是那位名為子晴的綁架犯主謀。

而且他不曉得為什麼，對方擺出一副比自己還驚訝的表情。

「什麼叫找到這裡，我住在這裡。」

「蛤？」
嘉昕注意到她手裡的鑰匙和便當，不禁瞇起眼睛問了一句：
「……妳該不會也住這裡吧？」

快炒店的室外座位，換上便服的楊博士，面對熱騰騰的宮保雞丁，大口暢飲生啤酒。
一名男性從對街穿越熱鬧的人群走來，拉開楊博士對面的位置坐下。
「抱歉，這個時間還找你出來。」
「哪裡，反正待在家也只是聽老婆發牢騷，女兒又到了嫌棄爸爸的年紀，最近不怎麼跟我說話。」
來者正是時空管理局的局長趙磊，這裡則是管理局附近的一間快炒店。
「你開車嗎？陪我喝兩杯吧。」
「開車，但是不打緊，明天再開回去就可以了。」
「很好。」
楊博士招手要服務生過來，加點了一瓶啤酒和幾樣下酒菜。
趙磊接過酒杯盛滿，喝了一口透心涼的啤酒，充分解渴後笑道：
「所以找我做什麼，有關星之使徒的報告，我明人才會正式呈上去，估計又要小忙一陣子了。」
「不，和那夥人無關。」
「哦？那我就更期待你要說些什麼了。」
趙磊認識楊博士五年了，知道對方不是個會閒話家常的人，除了工作上的事情，他從來不聊自己的私事。

「你也知道，局裡有台儀器，用來模擬穿越時空產生的副作用。」

「那台勸退無數菁英的機器怎麼了嗎？」

趙磊拿出口袋拿出香菸和打火機，銜了一支在嘴邊準備點火。

「今天來的那小子，通過了最高等級的測試，而且竟然只說有點頭昏。」

過度驚呆的趙磊，點菸的動作頓時停止，香菸從口中掉落地面。

「你確定嗎⁉連可是連海軍陸戰隊都忍受不了，會不會是設定錯誤？」

「我不會犯那種程度的低級錯誤，你也知道評斷基準不在肉體或者精神的層面的承受能力，真要說的話，就是所謂的第六感。」

楊博士拿起筷子，翻弄盤子裡雞丁吃完後剩下的花生配料，有一顆沒來由的就是比其他同伴黑。

「莫非那小子真的是未來人？」

「無論他是不是未來人，都對時空跳躍擁有異常強大的適應性，我認為是個可造之材。」

「喂喂、你還記得我摧殘了多少大有前途的年輕人嗎？」

趙磊不想再去回首那些難受的記憶，無數意氣風發的青年，自願調來他的部門，最後卻一個個低聲下氣的遞出辭呈。

單是遭受打擊也就罷了，根據他的追蹤，至今仍有半數以上的人需要服藥控制精神狀況。

現在每向上層申請一名新人，趙磊就得作好毀掉對方的心理準備。

「減少跳躍事故最重要的前提，就是人材的選用得當。」

「但他只是個大學生。」

這話裡帶有否決的意思，他不想將無辜的一般人拖下水。

「子晴當初不也是這樣？」

「此一時，彼一時，子晴的狀況特殊。」

「你是局長你說了算，但就我的意見，與其多一個監管對象，不如多一個同事。」

趙磊拿起酒杯，像是要稀釋至今為止的罪惡感，大大地喝了一口。

「……我會考慮的。」

嘉昕知道隔壁有住戶，但是從他搬來以來，完全沒見過鄰居長相，萬萬沒想到居然會是那女人。

他認為原因出在彼此的作息時間錯開，為了不賴床，嘉昕儘量在早八排課，晚上則是幾乎不出門。

「濫用職權的綁架犯住在自家隔壁，發生這種事的機率，跟遭遇恐怖份子比較來，究竟哪一個高呢？」

抱持這種正常人不會有的疑問，睡眼惺忪的嘉昕一邊擼貓，一邊將飼料倒進碗裡。

碗還沒盛滿，佩可就湊上前去，迫不及待的享用早餐。

看著這幅平凡的景象，讓他有種回歸日常的真實感。

既然決定要放鬆休息，嘉昕打算好好計劃一下今天的行程。

首先去買個早餐，然後回來整理換洗衣物，等電信行開了以後再去弄支新手機，下午倒完垃圾，就打一路打遊戲打到黃昏。

「很好，聽上去完美無缺。」

付諸施行的嘉昕，拿了錢包準備出門，沒料到一打開木門，就撞見擺著一副臭臉的子晴，正在狂按他家門鈴。

視線相交的瞬間，她理所當然地將怒火轉移到了嘉昕身上。

「是你家電鈴壞了，還是你耳朵壞了，按這麼多下都沒有反應！」

「嗯，壞蠻久了，我指的是電鈴。」

「跟我走一趟，今天學校那邊請個假，我再找人幫你開證明。」

「幹嘛幹嘛，我可不會再陪妳做什麼奇怪的身體測驗了。」

嘉昕決定打死也不開門，天曉得會不會有黑衣人躲在門外或樓下，等著再次抓他上車。

大清早就在家門口堵人，更讓他產生了自己是債務人的錯覺。

「我們局長要見你。」

「你們局長找我做什麼？」

「我不清楚。」

「不清楚就叫我過去喔？」

「囉囉嗦嗦的，去就知道了啦！」

突然暴怒的子晴，兩手抓上鐵門欄杆，嚇了嘉昕一大跳。

幸好隔著鐵門，否則被逮住的就是他了。

「為什麼不是你們局長來見我，我這邊也有很多事要忙耶。」

嘉昕在腦裡快速列了一條非做不可的事情，除了餵貓以外，就只剩下洗衣服跟倒垃圾而已。

「給我聽好，我不認為你洗清嫌疑了，再徹底調查完你的身世背景前，你依然是嫌疑犯。」

「抱歉，因為兩歲的時候我被從未來送回過去，所以在那之前的記憶不太清楚——這種發展有沒有符合您的要求？」

「你小子是在耍我嗎！」

「怎樣，光天化日之下，我不信妳敢再綁架我一次。」

「如果有必要，我這次會申請正式的拘捕令。」

「好好好，那請妳先去申請完再來。」

「等、等一下！我要跟房東太太說你偷養貓！」

在關上木門前，子晴最後的話讓他的手停了下來。

「我哪有養什麼——」

站在嘉昕腳邊打哈欠的貓科動物，出賣了自己的奴隸，於是他立即改口：

「怎樣？養貓礙著妳了嗎？」

「房東太太有規定不能養寵物。」

「房東自己也有養狗啊。」

「她是房東還你是房東。」

「可惡，妳是在威脅我嗎？」

「我沒有威脅，只是要求你配合我。」

「這不就明擺是威脅嗎！」

「要是你肯配合就沒這麼多麻煩事了！」

因為走廊頻傳爭吵聲，附近住戶紛紛開門出來查看。

「好啦我跟妳走，不要再大聲嚷嚷了。」

要是放任她繼續胡鬧，嘉昕作為新住戶，在鄰居間的印象不曉得會變得有多差。

「我先到樓下等你，準備好了自己下來。」

似乎也不想成為鄰居茶餘飯後的話題，子晴很快就跑沒了人影。

嘉昕不得已放棄完美的休息計畫，收拾東西便準備出門。

在樓下等待他的，是一台破爛的白色自小客車。

頭燈裂開，引擎蓋凹陷，多處擦傷刮痕。

因為外觀實在太過破爛，一開始嘉昕還以為是路邊的報廢車輛，直到子晴按了兩聲喇叭，他才不情願的走過去打開車門。

因為氣氛過於尷尬，在前座繫好安全帶的嘉昕，隨便開了個話題。

「呃……中古車？」

「新車，剛買三個月。」

嘉昕合理的懷疑這輛車經歷過飛車追逐戰，否則怎麼破成這樣。

上路之後，他很快就明白這輛車如此破爛的原因。

紅燈右轉、超速、急煞、未保持安全車距，幾乎每個路段都能惹得周遭駕駛不滿，頻頻按喇叭抗議。

子晴卻彷彿置身事，完全不予理會，因為一直臉色凝重地緊握方向盤，也不曉得她究竟知不知道自己違規。

一次有驚無險的跟電線桿擦身而過，嘉昕終於忍不住問道：

「……子晴小姐，妳曉得什麼是內輪差嗎？」

「那是什麼？」

「沒什麼，請別在意。」

因為駕駛途中子晴直接把臉轉過去，嚇得嘉昕不敢再繼續搭話。

「沒事少跟我搭話，我要專心開車。」

嘉昕完全不認為剛才那樣叫專心開車，連不會開車的他都知道內輪差，不禁質疑起這個人的駕照是不是用雞腿換來的。

嘉昕人生頭一遭在行駛過程中，反覆確認安全帶有沒有繫好，還開始追憶父母有沒有幫自己保過什麼意外險。

經歷一連串的足以成為錯誤典範的危險駕駛，終於平安無事抵達了昨天的那棟大樓。

眼看車子駛入停車場，鬆懈下來的嘉昕中了一記回馬槍。

他沒想到連停車也能夠出包，車子碰的一聲後面的牆壁，然後才又往前開了一點進到停車格內。

嘉昕決定今天回去的時候，無論如何都不要再搭她的車了。

「是的，人我帶到了，讓他一個人上去？可是這樣的話……好的，我知道了……」

結束通話的子晴，不高興的轉述通話內容。

「局長說要你一個人上去。」

「那我上去囉，電梯在那邊是吧。」

嘉昕乾脆地搭乘電梯上樓，看樣子對方也很清楚，只要子晴在場就沒辦法好好談話，才會特地把她支開。

搭乘電梯來到三樓，推開玻璃門，櫃台小姐依舊是昨天那位陳莉莉，只見她笑容滿面，充滿朝氣的打了聲招呼：

「早安~局長在會客室裡等你，走到底左手邊那間就是囉。」

他行了個注目禮便往裡頭走去，和昨天空蕩蕩的走廊不同，今天多了幾名職員在樓層活動，看上去斯斯文文的，不像昨天那位舉止粗魯的紅髮男。

「我看看……最後一間，應該是這裡。」

嘉昕敲了兩下門，裡頭很快便傳出回應。

「請進。」

推開辦公室的門，濃郁的咖啡香便撲鼻而來。

「你來啦，輕鬆點隨便坐，吃早餐了沒？」

趙磊從附設的茶水間探頭，從飄散的熱氣看來，他似乎在裡頭泡咖啡。

「還沒吃過。」

「那正好，替我消化一點妻子的特製早點，上了年紀以後，這份量就開始吃不消了。」

他端出一份尚未動過的總匯三明治，看上去胡亂塞了很多餡料在裡面，份量著實驚人。

還沒吃早餐的嘉昕飢腸轆轆，所以沒有拒絕對方的好意。

趙磊倒了兩杯研磨咖啡，隔著桌子在嘉昕對面坐下。

相比昨天的審問，今天他的態度倒是很熱情。

「還沒正式自我介紹，我姓趙，單名一字磊，是時空管理局的局長。」

「趙磊叔你好，不曉得今天找我來做什麼？」

既然對方以禮相待，嘉昕也就沒必要擺出惡劣的態度，畢竟這個人看起來也不像是策畫綁架行動的幕後主謀。

「其實也沒什麼要緊的事，主要是想和你聊聊。」

當然這話絕對是騙人的，一般人沒事並不會想找陌生的大學生聊天。

「話說在前頭，我真的不是什麼未來人。」

「哈哈哈，這我當然明白。」

「你的部下很明顯不明白，早上還在對我嗆聲。」

「……不好意思，子晴個性比較衝動，但是她並沒有惡意。」

替莽撞的部下道歉後，趙磊話題一轉，準備切入今天的核心。

「嘉昕，你有沒有什麼夢想？」

「夢想？」

「我從小學開始，就夢想擁有一間屬於自己的咖啡廳。」

「好像蠻多人想開咖啡廳的。」

「是吧，常有人說沒夢想的人才會想開咖啡廳，我覺得是那些人不懂這份工作的美妙之處。」

他用餐刀和叉子，將四方形的三明治麻利地對半切開，自己用手拿走一半，另一半遞到嘉昕面前。

「當然我也時常聽聞經營咖啡廳是賠本生意，為了讓退休生活有保障，高中畢業後，就決定找份穩定的工作籌備開店資金，於是就這麼當了二十多年的警察。」

「現在開店的錢自然是存夠了，但是一想到房貸跟女兒的學雜費，就沒辦法輕易脫身，追求自己原本的夢想。」

嘉昕一邊吃家常菜三明治，一邊聽趙磊大叔分享自己的人生經驗。

「稍微扯遠了，我想說的是，無論想要成就什麼事情，沒有錢都是萬萬不能的。」

一下子就從夢想跳到金錢上頭，現實到了極點。

「所以說——要不要來當警察呀？」

「話題是不是轉得太硬了點。」

「警察的福利很好哦，幾乎你所想得到的都有補助，而且該說是充滿安全感嗎？意外地受女生歡迎。」

「不好意思，我將來沒有打算從事高風險職業。」

「那是社會大眾的普遍誤解，根據職務性質的不同，也有安全的文書工作，即便是第一線警員，也不會三天兩頭就遇上危險。」

「人們對於一件陌生的事物，在不瞭解其全貌以前，自然會心生排斥感到厭惡。」

「就算你這麼說，但我只是個大一新生，完全沒想過就業方面的事情，再說為什麼要找我？」

嘉昕不記得自己立過什麼協助辦案的功勞，不過就是單方面遭到挾持，這樣都能受到勸誘，令人懷疑警界究竟缺人到什麼地步。

趙磊將未曾動過的三明治推開，往前挪動座位說道：

「我就開門見山的說了，事實上你昨天做的檢測，是一種異常環境適應力的測試。」

「什麼樣的異常環境。」

「時空跳躍。」

「還來這套啊……」

如果不是剛才到有關警察的事，嘉昕還以為這裡是詐騙集團總部。

面對理所當然的反應，趙磊叔微微蹙眉，似乎在想該怎麼解釋。

「時間旅行是真實存在的，只是政府將其作為最高機密隱瞞了起來，你不相信也是正常的，除非我能佐證對吧。」

嘉昕嚥了一口口水，期待對方會拿出什麼證據來。

「昨天的事件想必讓你印象深刻，那群匪徒正好就是未來人。」

「這算什麼奇怪的證據，你這樣講的話，不就又得拿出那些人是未來人的證據了。」

「你有追蹤後續的報導嗎？」

「沒有，我昨天很早就睡了。」

趙磊拿起遙控器打開一旁的電視，隨意轉到其中一台政論節目，主持人正與來賓熱切討論有關昨天的事件。

『這群人直到現在都還沒有抓到哦，已經快要二十小時了。犯案之後行蹤成謎，這在各界引起軒然大波，讓人不禁質疑，是否有人在暗中包庇罪犯。』

聽完來賓的說詞，趙磊關掉電視說道：

「你覺得一群非法持有槍械，炸毀美術館，挾持大量市民的暴徒，在整座城市的警力包圍下，有辦法能夠全身而退嗎？」

「我想應該是沒有……」

畢竟不是在演電影，無論那群人再怎麼神通廣大，也不可能在那種情況下憑空消失。

「而且我可以保證，警方之後也不會逮到人，因為對方早就逃回未來了，事件會就此不了了之……剛才說的都是最高機密，你可別隨便說出去。」

「我們時空管理局，就是為了處理這類狀況成立的，雖然很想儘早逮捕這些狂徒，但無奈目前人手嚴重不足，使得原先的計畫受阻。」

「就算你說我很適合，像我這種普通人又能幫得上什麼忙。」

昨天也只是躺在那裡什麼都沒做，這樣就能通過測試，嘉昕覺得實在太過唬爛。

「這種事情是很講究天份的，要擔任時空特務，重要的是擁有時空跳躍的適應性，否則能力再優秀也無法勝任。」

「當成，這份工作跟文職不同，有一定程度的危險，有所顧忌也是情有可原，但是不用畢業就能保障工作，我認為是個很好的機會。」

「我好不容易才考上大學，還不想這麼快做決定。」

大學三大學分都沒到手就進入職場，讓嘉昕感覺像是人生的青春階段被直接跳過一樣空虛。

「如果是擔心這點，我可以先幫你安排實習生的職缺，每個月只要來這裡累積固定時數即可。」

即便聽起來像是打工性質，大一怎麼說都是最忙碌的時期，嘉昕不認為自己有那個美國時間做這種事。

「因為我們單位的性質特殊，上頭非常看重這塊，實習生印象中一個月能給到這個價碼。」

嘉昕不抱期待的看趙磊拿計算機加加減減，螢幕上的價碼，和父親幹了二十年的職員月薪差不多。

換句話說，現在簽下去就等於是少奮鬥二十年。

趙磊靜止的手指，忽然間又動了起來，在充滿慾望的數字面板上按了好幾下加號。

「如果通過考核成為正式人員，薪資則是這個數字，往後薪資還會根據年資調漲。」

「局長，今天開始上班可以嗎？」

嘉昕毫不猶豫的背叛了玫瑰色的大學生活，邁向人生的全新里程碑。

利誘成功的趙磊露出滿臉笑容，起身握住伸出的手。

「很好，歡迎來到ＴＳＡＢ！」

第三章　當星星開始閃爍

「這位是徐嘉昕，從今天開始將在ＴＳＡＢ實習。」

一連簽了幾份保密合約後，嘉昕正式成為時空管理局的一份子。

來到一個新地方，免不了會有自我介紹的環節，類似的體驗嘉昕在開學首週不曉得進行了幾次，早已倒背如流。

「大家好，我是徐嘉昕，請多指教。」

沒錯，他的自我介紹就只有這麼一句，乾淨俐落，不拖泥帶水。

簡短到讓替他開頭的趙磊不知該怎麼接話，於是趕緊介紹起其他成員。

「這位是郭政凱，他是我們部門最資深的特務。」

嘉昕對這個人印象深刻，因為他不僅頂著一頭醒目的紅髮，結實健壯的身材在一眾文職人員之間顯得很突兀。

雖然說是最資深的特務，但是他的年紀看起來跟嘉昕的表哥差不多大，似乎還沒超過三十歲。

雙手叉腰的政凱，短袖Ｔ恤露出結實的雙臂。

「嗯嗯，徐加薪這名字聽起來很吉利。」

「好了啦，又在講什麼諧音笑話。」

吐槽他的是櫃台小姐陳莉莉，趙磊順勢介紹道：

「負責行政事務的莉莉，雖然她不是特務，但是有關局裡的大小事問她準沒錯。」

年紀和政凱差不多的莉莉，給人一種平易近人的氛圍，曳著茶色馬尾，高舉右手朝氣十足的打招呼。

「請多指教～需要人生諮詢的時候也可以來找我喔。」

「最後就是你很熟悉的夏子晴，其他成員由於職務性質不同的關係，有空再介紹給你認識。」

嘉昕在心裡吐槽，自己跟這個人一點也不熟，早已讓子晴登上人生中最不想招惹的對象排行榜前三名。

見子晴兩手抱胸擺著一副臭臉，趙磊尷尬地催促道：

「咳咳、稍微打個招呼……」

「交給我吧，我會就近監視他的一舉一動。」

「子晴，妳跟我過來一下。」

語出驚人的子晴，理所當然的被帶到一旁開導訓話，嘉昕則趁著這個空檔向另外兩人問道：

「那個……你們知道我為什麼會被她針對嗎？」

嘉昕的疑問換來兩名前輩的苦笑，政凱哥率先解釋道：

「子晴雖然是我們這裡資歷最淺的，但是出於一些個人因素，所以她的工作態度比任何人都積極。」

「是啊，你別太責怪她，那孩子其實人不壞的。」

莉莉姐也為其幫腔，害他不好意思再繼續抱怨下去，只好換個話題。

「那我這個實習生該做什麼才好，這邊平常又都在忙些什麼？」
兩人面面相覷，異口同聲的回答：
「處理工會會員的會務事宜。」

煩悶的時間一分一秒過去，眼看中午即將到來。
嘉昕坐在莉莉姐後方的空座位，內心充斥著滿滿的鬱悶感。
——作為管理局的表面偽裝，會務工作也是很重要的。
因為這句話，嘉昕看了一個早上的的工會簡章。
莉莉接起來的諮詢電話也都跟會務有關，一點也看不見時空案件的蹤影，讓他有種本末倒置的感覺。
「吶新人，你午餐怎麼解決。」
從辦公室出來的政凱，立刻提起了午餐的話題。
「不曉得耶，這附近有什麼好吃的？」
「這樣吧，我帶你去吃一間拉麵，在這附近很有名喔。」
「他們的親子丼好吃耶，幫我帶一份回來。」
莉莉似乎沒打算離席，不知何時開始，她的電腦畫面已經從報表變成了購物網站。
「收到，走吧新人，早點去才不會人擠人。」
在政凱的帶領下，兩人來到步行三分鐘、附近巷子裡的一間日式料理店。
才剛過十一點半，店內就已高朋滿座。

他們在吧檯最後的空位並肩坐下，政凱菜單看都沒看就直接點餐。

「老闆娘，豚骨拉麵加麵。你慢慢看，這間店的特色就是份量特大。」

都已經大份量了還加麵，讓嘉昕對他的食量感到吃驚，對比他壯碩的身材，又覺得好像滿合理的。

餐點上桌後，其中一碗拉麵份量果真驚人，政凱迫不及待的舉筷大快朵頤，途中又停下來問道：

「嘶嘶……新人，你覺得幹我們這行的，最需要的能力是什麼？」

「勇氣嗎？還是判斷力？」

「標準——錯誤答案。」

他拿起桌上的七味粉，一個勁地往碗裡倒灑。

「我們特務最需要的是體力，無論是熬夜盯哨，亦或追逐犯人，都會消耗大量體力。就拿我來說好了，嘶嘶……我有一次追捕犯人，就足足跑了兩公里的距離。」

「兩公里還好吧？」

兩公里也就操場十圈的長度，對體力好的人來說根本是小兒科。

另外可以的話，他希望政凱嘴巴塞滿食物的時候不要一直講話。

「不是平地，是在屋頂上追逐。」

「屋頂追逐了兩公里⁉」

「嘶嘶……這在我們業界很普通啦。」

「哪裡平常啦，是在訓練特技演員膩！」

「對了，我們有體能考核喔，男生標準我記得是三千公尺十二分內。」

「十二分內⁉會不會太嚴格了點？」

就連軍隊標準也才十四分，十二分幾乎是田徑選手的等級。

「還好吧，我自己的最佳成績是九分三十二秒。」

「天啊，九分三十二秒……」

「嘶嘶……這在我們業界很普通啦，怎麼說我也是TSAB的第一把交椅。」

「所以說你那個業界標準到底是怎麼訂的，該不會連子晴姐也跑得這麼快吧？」

「她還差得遠勒，紀錄一直沒法壓在十三分以內。」

「我可能有點太小看時空特務這份工作了……」

嘉昕相信十三分已經足夠厲害，再快乾脆去當奧運選手算了。

「放心放心，照我的方式練習，你很快就能跟上我們的腳步。」

政凱放下筷子，喝了一口涼茶，吞下喉嚨裡的食物殘渣。原以為要重整態勢發動第二輪攻勢，結果就這麼靜止不動，並且拋出了新的問題。

「是說新人，早上你有問到關於子晴的事情對吧。」

「怎麼了嗎？」

「剛才在局裡我不好意思提，其實她是因為妹妹才這麼拚命的。」

「妹妹？」

一改閒談的氛圍，空氣頓時變得沉重。

「四年前，就讀大學的子晴，和妹妹兩人被捲入一起連環車禍，她只受到輕傷，妹妹卻因此傷重昏迷，直到現在還不省人事。」

「哇賽……但是這跟未來人有什麼關聯。」

「你聽過星之使徒這個名字嗎？」

「聽過幾次，就是昨天那群恐怖份子吧。」

嘉昕加入TSAB的一大理由，就是想弄清楚這群人的來歷。

「四年前那起車禍，據調查就是那夥人造成的。」

「沒想到他們從那麼久以前就在犯案，所以子晴姐是想要替妹妹報仇？」

「八九不離十吧，畢竟這種話題太敏感，不方便詢問本人，反正她既有意願也有資格，局長當初就沒反對讓她加入。」

談話間，政凱哥碗裡的麵已全數清光，正用湯匙在撈剩下的配料。

「因為她剛好也具有跳躍適性？」

「沒錯，你知道跳躍適性能通過後天獲得嗎？」

「我以為都是天生的。」

「根據博士的說法，只要曾經與死神擦身而過，人體就能夠產生一定程度的適應性。」

「所以子晴姐是被捲入車禍，因此獲得了跳躍適性？」

「那可不是普通的車禍，是二十三死、十二傷的連環車禍，客運高速撞進加油站內引發爆炸，造成轟動全國大事件。」

「不好意思，我沒有什麼印象。」

嘉昕覺得這樣講好像缺少同情心，但是連環車禍每年好幾起，倘若不是事件關係人，通常過一陣子就忘記了。

「至於我的話，則是賓航空難的倖存者。」

「你是說十三年前那起賓航空難嗎？故障的飛機迫降時機身瓦解，於地面一百公尺處爆炸墜毀，全機近兩百人罹難，唯獨一名十六歲的少年，大難不死活了下來。」

嘉昕萬萬沒想到，傳聞中的超級幸運兒，居然就在自己面前。

「對對對、這你倒是很清楚嘛，後來還有拍成電影喔。」

「去年上映的《空降在劫》，我跟朋友去看了兩次！」

「真是的，當事人明明就在這裡，怎麼不乾脆讓我出演主角就好了。」

「政凱哥你當年還在唸書吧，是要上哪找體格這麼好的中學生啦。」

「哈哈哈、說的也是！」

這種會造成一輩子陰影的往事，這個人卻聊得這麼高興，嘉昕不曉得是因為他已經走了出來，還是純粹性格開朗過頭的緣故。

「吃飽就差不多該走啦，還有很多人在等呢。」

經政凱這麼一說，嘉昕才發現店外擠滿了排隊等餐的人潮，可見這間店生意有多興隆。

「不好意思政凱哥，我下午還有課，所以得先回去了。」

「沒關係，明天記得來啊，我很期待你哦新人。」

嘉昕注視手提丼飯離去的魁梧背影，一改對政凱的粗魯印象，認為他或許是個值得信賴的可靠前輩。

返回學校的嘉昕，體育課做暖身操的同時，腦中正在規畫分配每週前往管理局的時間。

幸好工會禮拜六有營業，只要時間計算妥當，就可以不用每天在那邊和學校來回折返。

「嘉昕，你早上沒來上課，我們超擔心你的。」

知道嘉昕昨天遭到挾持的同學們，於上課前後陸續對他表達關心，讓嘉昕覺得自己頓時變成了班級風雲人物。

為人處事以低調為原則的他，倒是希望眾人目光的焦點早點從自己身上轉移開來。

「啊哈哈，我就單純不小心睡過頭而已。」

「也是啦，換作是我的話，晚上肯定會做惡夢睡不好。」

「欸欸你們知道嗎？那群人好像到現在還沒抓到耶。」

開始跑操場後，同學紛紛聊起事件的後續，嘉昕則專注在調整呼吸動作，不浪費多餘的體力。

跑完指定的熱身圈數，他又自主多跑了一圈，老師看著氣喘吁吁的嘉昕，豎起大拇指稱讚道：

「嘉昕，今天體力很充沛喔。」

事實上是因為三千公尺要跑十二分內，害他現在逮到機會就得拚命鍛鍊。

結束比以往累人的體育課，接下來的兩堂課嘉昕有些精神不濟，一不小心就在課堂上睡著。

等到臉頰黏著筆記本醒來時，才驚覺已經下課了。

嘉昕在內心感謝教授的溫柔，收拾東西準備回家，經過社團大樓時，視線忍不住停在它上頭。

決定成為實習生的那一刻起，他就沒時間再搞社團了，硬要參加也只會變成幽靈社員。

抱著小小的缺憾，嘉昕踏上返家的路途。

才走上樓，作為前綁架犯的現任同事，夏子晴小姐又再度出現自家門前。

缺少學習能力的她，手指在壞掉的電鈴上狂按猛按。

「子、子晴姐，妳找我有什麼事嗎？」

第一次直呼對方的名字，讓嘉昕感到很不習慣。

「來得正好，這是考核表的項目，我幫你印出來了。」

嘉昕接過子晴遞來的紙張，詫異地點頭道謝。

他以為這個人又要上門找碴，沒想到只是來送資料。

「其實不用這麼麻煩啦，有什麼事情傳電子檔給我就——啊。」

「怎麼了？」

「沒有啦，只是手機昨天被弄壞了，還沒去辦新的。」

嘉昕今天的預定從一早開始就被破壞，他現在才想起來得去一趟通訊行。

行事曆也是建在手機裡頭，現代人可說是完全不能沒有手機。

「……手機是嗎？你在這裡等一下。」

留下這麼一句話，子晴就走回了自己家裡。

不明所以的嘉昕很想直接進屋休息，但既然對方就叫他等了，擅自進屋感覺很沒禮貌。

經過一碗泡麵時間的漫長等待，子晴終於走了出來，胸前還抱著一個白色的小盒子。

「拿去，我有一支多的。」

「不用了啦，我再去重辦就可以了。」

唯獨這個人嘉昕不想欠她人情，之後肯定會很麻煩。

「大學生應該沒什麼錢才對，雖然型號舊了點，但是幾乎沒怎麼用過，你儘管拿去。」

本來想拒絕的嘉昕，看到包裝盒上的橘子圖案，準備脫口而出的話語卡在喉嚨，化作支支吾吾的聲音。

橘子的手機一支要價好幾萬，落後稍微幾個版本完全沒有問題。

抵抗不了名牌誘惑的嘉昕，最後還是露出和善的笑容，選擇接受鄰居兼同事的好意。

「這怎麼好意思，那我就心懷感激地收下了。」

他不曉得子晴為什麼會送自己這麼高檔的禮物，只能當成是她打算為先前的事情賠罪。

「……」

子晴若有所思的盯著盒子，一副欲言又止的模樣。

為了防止子晴反悔拿回去，嘉昕再次致謝，意圖打消她的念頭。

「謝謝妳的手機，我會好好珍惜的。」

「……哪裡，晚安。」

不曉得為什麼，她的聲音有氣無力，表情看起來相當落寞。

回到家後，嘉昕繞過趴在地上休息的佩可，興奮地捧著盒子跑進房間。

盒子內除了充電線和耳機等配件，外觀還很新的手機還附帶犀牛盾，連手機殼的錢都省了。

嘉昕設定好網路以後，將雜七雜八的程式通通下載回來。

雖然沒了記載老同學電話的手機通訊錄很可惜，但是這年頭就連講電話也是仰賴通訊軟體，說實話也是用不到。

唯有母親那邊比較麻煩外，嘉昕得告知她舊手機壞了，順便要一下家裡的電話號碼以防萬一。

經過這次的事件，他體悟到生命的珍貴，沒有必要為了過去雞毛蒜皮的小事就和家人冷戰。

嘉昕打算下次有機會回家的時候，試著和母親修復關係。

發了訊息過去後，馬上就傳來母親回的笑臉表情貼圖。

帶著愉快的心情洗澡吃完飯，嘉昕坐到電腦前上網，消耗剩餘的精力，之後大字躺在床上休息，佩可窩在挖了洞的紙箱內，模樣舒適的露出臉來。

嘉昕拿著考核表仔細確認內容，體能檢定的部份，果真需要三千公尺十二分三十秒內。

他記得自己高中最後一次的體測成績是十七分左右，光這一項就不曉得要花多久時間才能通過了。

「我看看，其他還有刑法、專業知識、射擊檢定……」

看到實彈射擊的項目，嘉昕才有早晚會成為警界一份子的真實感。

資料的最後，有幾行子晴手寫的個人連絡資訊，不單是她自己的，就連其他職員也有，讓人不得不佩服做事的細心。

既然都已經是同事了，嘉昕認為遲早會用到通軟體，於是便用上頭的資訊試搜尋子晴的帳號，結果順利的找到了。

「居然用貓當頭像，難不成她很喜歡貓嗎？」

嘉昕拿佩可吃小魚乾的照片，用修圖軟體簡單加了感謝的字樣，製成簡易感謝貼圖發送過去，這才安心入睡。

隔天中午，結束課程的嘉昕，回家餵完貓後立刻卸下書本講義，馬不停蹄搭乘電車前往管理局。

雖然局長說過不需要這麼趕，但是他才剛加入沒幾天，至少想在一開始表現出積極的態度，才不會給人留下壞印象。

嘉昕一進到管理局，就看到莉莉跟政凱兩人在櫃台聊天。

「你明明叫作正楷，字為什麼寫得這麼潦草。」

「唉呦，這個諧音梗不錯喔，有學到我的幽默感。」

「你這樣我無法建檔啦，還不快點重寫。」

「大家午安。」

「午安，嘉昕。」

「喲新人，我一直相信你會來喔！」

「今天一樣要學習會務的事情嗎？」

「沒有，楊博士說他在五樓等你，要你到了自接上去找他。」

「原來博士的辦公層在五樓，怪不得昨天都沒見到他。」

「五樓要先回地下一樓停車場，搭乘專門的電梯才能上去。」

嘉昕接過莉莉的電梯卡，特地下樓再重新上樓，隨著電梯門開啟，印入眼簾的畫面，著實令人大吃一驚。

以純白為基底，彷彿醫院設施的乾淨走廊，大大小小的外露管線，貼著天花版延伸進各個房間，完全不像普通大樓內會出現的光景。

其中幾間牆面透明的房間，還能看到穿著白大袍的研究人員們，正在操作看上去就很複雜的機器。

因為沒有設置櫃檯，大廳也沒有人，所以嘉昕只好稍微往裡面走。

走廊上有一處佈告欄，貼滿從各種奇怪角度拍攝的人像照，其中一張疑似在酒會拍攝的照片，吸引了嘉昕的注意。

紫色的波浪捲髮，標緻的臉蛋，酒紅色的貼身晚禮服展現出玲瓏的身材。

照片上的美豔女子，他絕對不會認錯，此人正是前天美術館挾持事件的主使者。

「雖然是位大美人，身材也很完美，可惜是個瘋子。」

「顏雨詩，出身不明，是星之使徒的重要幹部。」

「哇！博士你走路都沒聲音!?」

突然出現在身旁的楊博士，嚇了嘉昕一大跳。

「跟我過來吧。」

嘉昕跟在駝背的博士後頭，一路上琊滿目的裝置，讓他對接下來的體驗充滿期待。

博士用掛在胸前的識別證刷卡開門，進入一間像是教室的會議室。

「隨便坐。」

「好的。」

「……叫你隨便坐，你坐那麼遠幹嘛。」

「抱歉，大學生的習性。」
嘉昕從最後一排走回前排坐下，放好背包精神奕奕地問道：
「博士，我們今天要做什麼？不管是時光機體驗，還是要介紹特務裝備通通放馬過來。」
「上課，時空理論。」
「欸欸欸～」
「你該不會以為，我會讓剛來兩天的實習生碰貴重物品吧？」
「沒有喔，我才沒有這樣想。」
「說是這麼說，我還是帶了故障的時光機給你看看。」
博士左手伸進大袍口袋，從中掏出了某個東西放到桌面上。
「這支手錶怎麼了？」
「這就是時光機。」
「怎麼可能這麼小，您別開玩笑了。」
面對嘉昕的質疑，博士兩肩一聳嗤之以鼻。
「哼，只要掌握技術，輕量化不是什麼大問題，你以為現在是幾世紀？」
就算到了二十二世紀，嘉昕也不認為會有時光機就是了。
「博士，我可以拿起來看看嗎？」
「小心別摔到就行。」
嘉昕不敢置信的將時光機手錶捧在手掌，他原本以為會有條隧道還是有座艙什麼的，沒想到真實的時光機竟如此輕巧。

博士拿起白板筆開始畫圖，嘉昕則把高科技結晶的時光機挪到一旁，拿出便利商店買的涼麵，準備享用遲來的午餐。

拆開筷子的瞬間，惹來博士的白眼。

「抱歉，我想說大學課堂上可以飲食。」

「也沒你拿涼麵出來吃這麼誇張，算了算了、隨你高興。」

不打算多加理會的博士，繼續在白板上動筆，嘉昕覺得像極了大學的授課，唯一不同的是教室裡只有一個學生。

等到博士把圖畫好，他也差不多吃完了。

博士放下白板筆，以類似魚骨圖的圖案為背景開始上課。

「好了，首先你對時間旅行的認知是什麼。」

「回到過去，前往未來。」

「錯了，時間就像往前延伸的箭頭，可以看得見軌跡，卻無法預知方向，也就是說僅能回到過去，無法到達未來——至少現階段沒辦法。」

博士在大箭頭上畫了一個往後的小箭頭，接著說道：

「根據英國研究，流動的時間就像血管裡的血液，所以時空跳躍並非逆向回溯，而是脫離我們的所在位置，並從某個位置強行介入血管之中。」

「又是英國研究，英國真的什麼都研究耶。」

「別打斷我說話，強行介入時空會使其產生暫時性的裂縫，我們就是根據這點去偵測時空的異狀。」

「回到過去的跳躍者，對該時空而言則如同異物般的存在。據學界推測，位於該時空的人，若是其本身擁有跳躍適性，則能在一定程度上感應到這些跳躍者產生的扭曲波動。」

「博士，所以這就是子晴姐認定我是未來人的理由嗎？」

「是啊，看來這個部份還有待爭議。」

「就說了別打斷我說話，時空具有自我校正的能力，強行開啟的裂縫入口，會隨著校正逐漸關閉，如同傷口結痂那樣，變得更加難以入侵。」

「因此為了保護跳躍者的安全，以及該時空的穩定性，時空跳躍普遍需遵守三項規定。」

「其一，不可滯留超過四十八小時，避免遭到時空校正同化。」

「如果超過會怎麼樣？」

「四十八小時是安全時限，若是在過去待得太久，就會成為該時空的一份子。剛才提過時光機無法跳躍到未來，因此跳躍者返回現代的方法，就是根據設定好的軸心座標進行返回，你可以想像是高空彈跳的安全繩索。」

瞇起眼睛的博士，特地補上一句：

「若是不想困在過去的時空，就務必遵守這點。」

「如果星之使徒為了達成目的，硬是多待一段時間怎麼辦？」

「即便是他們，也不會損壞可用的棋子，擁有跳躍適性的人才，遠比時光機器本身還珍貴，目前全國上下也就只有你們三個能夠適任。」

三千萬人口中的三人，也就是千萬中選一的人才。

嘉昕頓時覺得自己的身價提升了不少，腦裡盤算在通過考核後是否能夠要求加薪。

「其二，時空裂縫關閉後，禁止再跳躍至時空，範圍約是前後一個月左右。我們無法預期在時空縫隙關閉後，前往重複的座標會發生什麼事，唯一能確定的，是這麼做會對跳躍者的精神造成極大影響。」

「換句話說，只要成功阻止了星之使徒，對方就無法跳躍到幾天以前重新再來過。」

「其三，同時也是最重要的一點，給我聽好了。」

「我知道，不可以輕易改變過去的事物。」

「沒這回事，你聽誰說的。」

「電影不都這樣演？」

回到過去改變未來，導致意想不到的後果，身為電影迷的嘉昕，對這種情節瞭若指掌。

「聽過祖父悖論嗎？」

「爺爺九歲的時候被人殺死？」

「不，那個是編劇腦子進水。」

「祖父悖論講的是，假設一個人回到過去，在祖父生下孩子前殺死了他，理論上自己也就不會誕生，但是如果自己沒有誕生，那麼就沒有人可以回到過去殺死祖父。」

「因此這理論佐證了平行宇宙的可能性，改變某件事物的同時，可能會造就某個平行宇宙的誕生。」

「等等，那這樣星之使徒回到過去犯罪，不就沒有任何意義了？」

「不，學界普遍相信，無數的平行宇宙，會在某個時間點收束成為一條時間線，再由這個時間線分支其他的平行宇宙。而構成這個主時間線的基準，即是根據多數平行宇宙的結果。」

聽到這裡，嘉昕的腦袋已經超出理解範圍，正準備進入休眠狀態。

見學生聽得一頭霧水，博士在白板畫了一群火柴人輔助說明。

「我換個說法，現在有六個甘迺迪被暗殺的世界，以及四個甘迺迪沒有被暗殺的世界。經過某個時間點整合後，甘迺迪被殺害這件事將成為事實。」

「原來如此，用甘迺迪當範例就很好懂了呢，謝謝你甘迺迪。」

「星之使徒的作為，增加了某件事情發生的可能性。」

「但是這樣的話，必須遵守的第三項規則是什麼？」

「當然是不要接觸過去的自己。」

「為什麼？我還想說有機會上演『我就是未來的你』這種戲碼的說。」

「即便現今人類能夠進行時空跳躍，有關這方面的研究卻仍有著許多無法解明的地方，為了不對該時空造成無法預期的影響，必須儘可能維持安定性，降低跳躍者產生的扭曲波動，目前已知會造成高強度扭曲波動的事情，就是跳躍者與過去的自己碰面。」

博士再次拿起白板筆，轉過身子在空白的地方書寫。

腦袋流入龐大的資訊，加上血液都集中胃部消化食物，嘉昕感到有點想睡，打了一個無聲的哈欠。

「接下來講解時空跳躍造成的副作用，有一說是因為肉體轉移的過程，腦部受到刺激……」

然而在只有一個學生的課堂上，睡覺無疑是找死的行為。

「因為上課打嗑睡，所以嘉昕你就被趕下來了？」

「嗯，被塞了山一樣高的講義，要我有空全部讀完。」

老人家發起火非同小可，嘉昕告誡自己以後千萬不要在楊博士的課堂上打瞌睡。

單手靠在櫃檯的政凱哥，聽到他的遭遇忍不住發笑：

「哈哈哈，我那時候坐在後排，利用其他學員作掩護滑手機，也是被楊博士抓到，他眼睛真的很利。」

課堂唯一一位學生睡覺，這樣要是還能沒發現，那肯定是眼睛瞎了。

「所以政凱哥，你當時真的把這些內容都讀完了？」

「怎麼可能，我除了筆試以外的項目都滿分，加加減減就過了啦。」

看樣子熟讀這堆講義跟練成肌肉猛男，嘉昕只能在兩者中選擇一個。

「對了對了，除了博士的指定科目，這個基礎刑法學也會考喔。」

莉莉從座位起身，在旁邊的書架上取下一本精裝書，塞到嘉昕手中。

「天啊，這麼厚一本要唸到什麼時候……」

想到還有學校的段考，嘉昕就對不久後的將來感到頭疼。

面對錯愕不已、癱在座位上的後輩，莉莉用手指輕戳他的後腦杓加油打氣：

「好啦好啦，別垂頭喪氣了，距離考核還有很長的時間，你就用自己的步調慢慢努力吧。」

「我們剛剛在討論今天手搖杯要訂哪間，來啦哥請你一杯。」

嘉昕接過菜單看了一眼，毫不猶豫在訂購用的白紙上寫下內容。

「辣椒珍珠奶茶，去冰半糖。」

「你點這什麼鬼東西，口味異於常人耶。」

「會嗎？我覺得蠻好喝的。」

嘉昕看了一下其他的訂購人，上面只有少少的幾隻小貓，他把菜單還給政凱後，對莉莉隨口問道：

「局長跟子晴姐他們不點嗎？」

「局長是重度咖啡成癮患者，而且習慣喝自己泡的。子晴通常不在局裡，今天她也去了國際刑事組，和其他同仁一起追查星之使徒的線索。」

「星之使徒不是未來人嗎？要怎麼追查？」

「政凱他們出任務的時候，逮到機會就會拍攝一些照片，其中的幾名成員，經過人像核對確定是國際罪犯，可見星之使徒所在的時代，距離我們並沒有很遙遠。」

「原來如此，那只要持續追蹤那些人在現代的動向，就能掌握和星之使徒有關的情報。」

嘉昕覺得自己的思維越來越像一名特務了。

「沒錯，但是麻煩的地方在於，這些人多半行蹤不明，或是收押在國外的監獄，必須反覆跨國交涉。」

「即便是疑似本國人的顏雨詩，根據戶政機關提供的資料，一共有六十七名女性叫這個名字。排除三十歲以上的女性，依然有二十九人。」

「就算人數再多，國內總有辦法依序追查吧？」

「我們已經追查過了，這二十九人都不是目標，推斷這個名字極有可能是化名，或者本人有經過整形。」

「所以等於是沒有線索？」

莉莉嘆了口氣，表情無奈的搖頭。

「一般的案子還能順藤摸瓜追查，但是面對這群人，除了調查相關成員的過去以外，目前仍然束手無策。」

嘉昕看著面有難色的前輩，認知到跨越時空的查案有多艱難。

握著電話的政凱，適時地插話進來。

「喂、新人，他們說辣椒珍奶停賣了啦，快點換別的。」

「咦？那幫我換毛豆牛奶。」

「你可不可以點些正常的。」

完成一天的會務學習，嘉昕到家後的第一件事，就是趕緊把報告剩餘的部份完成。

因為之前發生的事，為表達體恤，組員告知嘉昕僅需統整其他人做好的部份就行，孰不知統整才是最困難的部份。

每個人的製作風格、選用字體和大小皆不相同、有人簡報只做兩頁，有人卻做了近二十頁，二十分鐘的報告時間根本用不上這麼多頁數。

發出訊息聲的手機，將嘉昕的意識從煩躁的作業中拉了出來。

他拿起手機確認，竟然是子晴傳來的訊息。

『你明天早上有課嗎？』

「沒有，明天的課是下午的。」

『那我帶你去靶場。』

「好的，我要去我要去！」

『那我明天早上十點去找你。』

「沒問題，明天見！」

極具吸引力的邀請，就算翹課嘉昕也非去不可。

「好耶、要去打靶了！」

他沒想到這麼快就能體驗打靶，興高采烈地在椅子上轉了一圈。

精神大振的嘉昕，卯足了勁繼續趕報告，終於在午夜時分大功告成。

但是興奮過度的他依然睡不著，於是又拿出莉莉給的書閱讀。

嘉昕側躺在床，翻開第一頁，照著內容唸了出來。

「第一章，刑法基本概念……」

柔軟的觸感貼上臉頰，干擾嘉昕的思緒，緊接著刺痛濕黏的觸感，讓他整個人驚醒過來。

嘉昕看著佩可坐在自己面前舔手洗臉，通常牠會主動跑來黏人，就只有肚子餓的時候。

「不愧是晦澀難懂的讀物，我什麼時候睡著的？」

嘉昕拿起床頭櫃上的手機，發現訊息多到滿出來，群組裡的組員不斷提醒他，做完以後報告記得要上傳。

距離上台報告還有三個小時，現在上傳還來得及。

突然響起的訊息鈴聲，嚇了嘉昕一大跳。

『你準備好了沒有？我現在在你家門口。』

嘉昕完全忘記跟子晴約好要去靶場這回事，對方已經在門口等了，時間可說是分秒必爭。

「首先把褲子穿起來，緊接著上傳報告……」

握著短褲的他，跑到電腦面前將檔案傳至雲端。

「十五分鐘？未免太久了吧！又沒有放影片，文件檔而已耶，房東是不是動過網速啊？」

佩可抗議似的叫了一聲，在飼料碗面前焦躁地走來走去。

「知道了啦，現在就幫你盛飯。」

嘉昕拿起飼料袋的往飼料盆裡傾灑，再次作響的手機嚇得他肩膀一震，不小心倒歪把飼料灑了一地。

「糟糕，忘記子晴姐還在等了。」

嘉昕立刻跑去開門，打算先安撫一下對方，換來得卻是鄙夷的眼神。

「……把褲子穿起來。」

「啊啊、抱歉！」

搞錯順序的嘉昕，穿好褲子尷尬地再次把木門打開。

「抱歉，我還有一點事情沒忙完，妳先進來等吧？」

嘉昕打開鐵門放人進來，接著趕緊跑回去把灑了一地的飼料掃乾淨。

掃到一半嘉昕才想到，子晴就住在隔壁而已，似乎不用特地讓她進屋等。

「進度條還在十三分鐘？這東西是卡住了還是怎樣！」

「嘉昕。」

因為子晴呼喚自己的名字，心浮氣躁的嘉昕走回客廳查看，發現她沒有進屋，而是蹲在陽台的垃圾袋面前。

「飲料瓶跟便當盒都發臭了，不管短時間內有沒有要倒垃圾，都應該仔細沖乾淨。」

「不好意思……」

「還有免洗筷跟吸管是不能回收的，記得好好分類，否則回收的婆婆會很困擾。」

「下次改進……」

被同事兼鄰居糾正生活習慣，讓面紅耳赤的嘉昕羞恥不已。

從回收區站起來的子晴姐，又抬頭看一眼掛在陽台的衣服，手指輕捏了一下衣角，蹙眉唸道：

「衣服之間的距離太靠近了，這樣子不容易曬乾，另外你在曬衣服的時候有抖一抖嗎？」

「子晴姐我準備好了，我們快點出發吧！」

後悔替子晴開門的嘉昕，本能強烈警告不許讓她進到屋子裡，否則只會被叨唸得更慘。

經歷上次的乘車體驗，嘉昕很不放心搭子晴的車，然而這次卻發現她只有在市區才會出這麼多狀況，上高速公路倒是開得滿順暢的。
下高架橋後，兩人來到位於市郊一處室外靶場。
頂著晴朗的豔陽，陣風徐徐吹來，掀起靶場上的飛沙塵土。
嘉昕以為要到鄉下才有這種地方，沒想到就在車程半小時的距離。
認識靶場主人的子晴，和對方寒暄了幾句才過來。
「配備已經幫我們準備好了，可以直接開始。」
「警察不是都有專門的室內射擊場嗎？為什麼要跑到民營的靶場？」
雖然嘉昕覺得室外的也很棒，但他預想中的是那種靶子會自動前後移動的的室內場地。
「因為需要申請才能使用，尤其你的身份特殊，解釋起來很麻煩。」
子晴拿起放在桌上的手槍，開始介紹道：
「貝瑞塔92半自動手槍，不僅是一般員警，我們特務配備的也是這把。」
這把槍嘉昕非常有印象，各種遊戲裡面都經常出現。
「我先示範基本流程，你待會模仿我做一次。裝填彈匣，拉槍機上膛，壓擊錘，瞄準。」
她邊說邊進行操作，在兩秒內完成全部步驟，流暢無比的動作，嘉昕根本來不及看清楚。
「等一下太快了啦！」
「放心吧，你試著照做一次，錯誤的時候我再糾正。」
嘉昕拿起擺在桌上的另一把槍，按照剛才的指示一步步操作。
「裝彈匣……拉槍機！」

才進行到第二步驟，他就被滑回去的槍機嚇到，身體抖了一下。

「怎麼了，接著繼續。」

「咳咳、我知道啦。」

初次接觸真槍，緊張也是在所難免，特別是在不許漏氣的對象面前。

「壓擊錘，瞄準——」

順利完成一連串的動作，嘉昕內心獲得了小小的成就感。

「很好，接下來進行五十米實彈射擊，這裡是裝好了彈的彈匣，你用這把槍重複一次相同的步驟即可。」

「實彈射擊的部份不示範嗎？」

「……也好，我就稍微練習一下。」

原本沒打算示範的子晴，因為嘉昕的提議往後頭走去，和靶場主人拿了多餘的子彈。

即便她三天前才實戰過，但是訓練永遠不嫌多。

子晴戴上降噪耳機跟護目鏡，站到靶台前擺出射擊姿勢，深褐色的眼眸緊盯靶紙。

「雙腳與肩同寬，膝蓋微彎身體傾前，四肢放鬆，視線對焦在準心，扣扳機的時候屏住呼吸——」

語畢的瞬間，子彈從槍口迸發而出，在靶紙中央打出一個孔洞。

第二發、第三發，接連射出的子彈精準地打在靶心周圍，很快整個彈匣就打空了。

專注無比的認真表情，開火時微微晃動的髮梢，凜然的帥氣英姿，不禁令嘉昕看得入迷。

這個人真厲害呢，他內心不自覺產生了這樣的感想。

十五發子彈全數命中標靶，在靶紙留下密集的黑點。

「嘉昕，接下來該你了。」

「好、好的。」

他嚥了口口水，拾起手槍和彈匣，謹慎地重複剛才的步驟。

裝填實彈的手槍，握在手中的重量，遠比剛才沉重不少。

扣下扣扳機的瞬間，強勁的後座力從手腕傳至手臂。

子彈打中標靶邊緣，使其缺了一角，嘉昕人生的初次射擊以射偏開始。

他再次射擊，第二發打中另一邊的邊角，靶柱變得十分對稱。

「很好，我已經抓住感覺了。」

自認掌握訣竅的嘉昕，接下來的幾發卻越偏越遠，看不下去的子晴只好出聲糾正。

「持槍的那一側腳再往後挪，膝蓋彎得太低了。」

嘉昕嘗試修正姿勢，子彈依然擊中沙土挖地瓜，或者擦過木板打出木屑。

「開了快十槍，至少也該賽中一兩槍才對啊。」

區區五十米的距離連靶紙都碰不到，這讓嘉昕焦急無比。

「先別射擊。」

突然其來的柔軟觸感從後方傳來，嘉昕這才驚覺子晴整個貼到了他身上。

「肩膀太僵硬了，身體放鬆。」

他很想放鬆，然而被人用凶器抵住後背，正常男性都會身體僵硬。

「右手打直一點，視線對焦在準心上。」

縈繞在耳邊的聲音和洗髮精香氣，再再干擾他的思緒。

「屏住呼吸，食指第一指節的中間，直直向正後方扣引扳機。」

嘉昕依照指示扣扳機，子彈雖然沒有命中靶心，但是成功打在了靶紙上。

最後的幾發也都沒有再命中地面，反而越來越接近靶心。

「子晴姐，剛才那幾發很準對不對！」

「馬馬虎虎啦，射擊完以後，即便卸下彈匣，也要確實的拉槍機退膛，確認沒有剩餘的子彈在裡面……你有在聽嗎？」

剛才的觸感和香味，彷彿依然殘留似的，讓他心迷意亂，無法集中精神。

「啊！是、我有在聽。」

子晴看了一眼手錶確認時間，皺起眉頭說道：

「抱歉，你下午有課對吧，我沒注意時間，得馬上回去了。」

嘉昕也拿出手機確認，時間已將近十二點，再拖下吃飯時間會很趕。

告別靶場的兩人，駛上高速橋準備返回市區。

嘉昕用眼角餘光盯著手握方向盤的子晴，雖然整天擺副臭臉，但毫無疑問是個美女。

或許是彼此之間一開始就交惡的緣故，讓他帶有滿滿的負面印象。

隨著認識加深，會發現這個人倒也沒有那麼不講理。

更別說她那麼做的理由，是為了揪出害慘妹妹的犯罪集團。

換作是自己，是否也會為了所愛的人這麼拼命。
思考著這些假設性的問題，車子一轉眼就回到了大學。
「感謝，我先趕去參加小組報告了。」
嘉昕解開安全帶點頭道謝，開門瞬間突然被子晴姐叫住。
「慢著，你的貓怎麼辦，牠應該還沒吃飯吧？」
「回來再餵沒關係啦，反正牠早餐吃很多。」
「不行，讓寵物餓肚子是飼主的過失。」
「但是我快沒時間了。」
「沒辦法，鑰匙給我，我晚點去幫你餵。」
「……好吧，那就拜託妳了。」
早上才因為生活習慣不良被唸了一頓，可以的話他不想讓子晴再進屋子，但是對方都把手伸到自己面前了，態度如此堅定也不好拒絕。
嘉昕不情願的交出鑰匙，心想怎麼說都是鄰居兼同事，子晴應該不至於胡來才對。
「那隻貓叫什麼名字？」
「佩可。」
「佩可……好，我明白了。」
不曉得在盤算什麼的，子晴表情凝重的發動引擎，就這麼開車揚長而去。
「……應該不會出問題吧？」

擔憂的嘉昕，忍不住這麼反問自己。

某個港口的貨物倉庫內，一群凶神惡煞的男子在此聚集。

他們之中有的西裝筆挺；有的衣衫襤褸；更有的上身赤裸，露出橫練的肌肉與龍形紋身。

這群來自社會不同階層的人，都有一個共通點，那就是通過了某個組織的測驗，並在重金勸誘下接受了某種手術。

隨著沉重的鐵門捲升開啟，以澄澈的夜空為背景，顏雨詩在兩名隨從的陪伴下現身。

她帶著微笑，毫不畏懼地走向這群如狼似虎的惡人。

「抱歉讓各位久等了，我是這項招募計畫的負責人顏雨詩，也可以稱呼我作小雨。」

其中一名留大鬍子的老粗，沒好聲氣的問道：

「喂，錢在哪裡？說好通過測驗就有錢拿的。」

雨詩一個彈指，隨從便走向附近一堆貨物，伸手扯下覆蓋在上頭的帆布。

一座用鈔票堆疊成的小山，聳立在面前，令眾人雙眼為之一亮。

「這是說好的五百萬美金，當然是一人五百萬，歡迎各位加入星之使徒的行列。」

穿西裝戴墨鏡的男子，忍不住吹了聲口哨。

「居然是現金，挺大手筆的嘛。」

「當然，組織從不缺錢，再多的人渣敗類都雇用得起。」

「哼，老子可沒打算在你們手下做事，拿了錢就要閃人啦。」

鬍子男打開放在一旁的手提箱，逕自開始裝箱作業。

「很遺憾，各位已經是星之使徒的一員了，沒有退出的權利。」

「臭婆娘，妳是什麼意思？」

面對男子代表眾人的質問，雨詩一展燦爛的笑容，指尖輕輕撩起衣服下襬，露出誘人的白皙的小腹。

「埋在各位肚皮底下的，是運用最新科技製成的微型炸彈，不想當場粉身碎骨，就得乖乖照指示行事，還請務必牢記。」

「開什麼玩笑！」

「混帳，你們竟敢做這種事！」

「別以為我們會這麼算了！」

相較恐懼，這群經歷過大風大浪的人，情緒更傾向於憤怒。

依舊掛著笑容的雨詩，聲音混入一絲輕蔑。

「這可是各位自願用三百萬裝設的，讓陌生人對自己動刀，卻沒想過會有風險嗎？換句話說，各位認為自己的性命只有區區三百萬元的價值。」

「媽的！這臭婆娘！」

鬍子男掏出預藏的小刀衝上前去，隨從剛舉槍就被雨詩抬手制止。

「運勢說今天會有爛桃花，看來是真的呢。」

顏雨詩右腳後挪，身體微微側偏，以分毫之差避過刀尖，接著鞋子一踢放倒體重倍於自己壯漢。

她騎坐在男子背上，毫不留情地將對方的手臂往後扳動，使其發出痛苦的哀嚎，小刀鬆手落地。

「啊啊啊啊！放手放手！」

似乎很享受這陣哀號，雨詩帶著嗜虐的笑容持續施加力道，直到男子肩膀發出脫臼的聲響才罷手。情緒趨於平穩後，她才從鬍子男背上站起來。

「用不著急於表現自己，你們馬上就有機會大展拳腳，星星大人的指示已經下達了。」

另一名身穿背心，外表剽悍的男子，神情不滿的走上前。

「就算要雇用我們，也得先讓我們見見雇主的模樣。」

「星星大人的尊容，豈是你們下三濫的敗類能夠見到的。」

男子兩手一攤，對這個回答嗤之以鼻。

「哼，我看是連臉都不敢露吧，話說在前頭，我絕不會在縮頭烏龜的手下做事，這是原則問題。」

此話一出，雨詩立刻皺起眉頭回道：

「可惜了，那就帶著你那不知變通的原則去死吧。」

雨詩從口袋拿出菸盒大小的遙控器，相較剛才的餘裕，這次則毫不猶豫的對準男子按了下去。

他衣服底下開始閃爍異樣的紅燈，嚇得周遭眾人紛紛走避。

即便是老練的殺手，面對生死關頭依舊只有冷汗直流的份。

「慢、慢著——」

話還沒說完，炸彈便啟動引爆，男子當場開腸破肚，場面頓時血肉橫飛，刺鼻的腥味充斥整間倉庫。

其餘的人個個瞠目結舌，驚訝得說不出話來，唯有始作俑者的雨詩，伸手抹去沾染臉龐的鮮血，表情冷漠的說道：

「出言侮辱星星大人的雜碎，沒有活下去的資格。」

經過一番震懾教育，縱使是窮凶惡極的罪犯，也沒人再敢出聲反對，紛紛以沉默表示順從。

「當星星開始閃爍，即是我們星之使徒行動之際。」

很滿意殺雞儆猴的成效，雨詩臉上再次漾開璀璨的笑容。

「高興吧各位，你們的第一個任務，是替遠道而來的公主殿下接風洗塵。」

結束下午的四堂課，嘉昕一如往常不作逗留，準備回去複習段考範圍。

距離段考還有一點時間，但他制定的讀書計畫，包含了半年多後要考的時空概論跟基礎刑法學。不從現在開始準備的話，時間肯定會不夠用。

雖然都已經決定未來的方向了，繼續念無關的科系感覺沒有幫助，但是趁年輕多學點東西也不是壞事。

何況第一學期沒唸完就休學，會覺得好像沒有唸過大學的實感。

他決定先把這學期唸完，直到撐不下去的時候再說。

剛返回租屋處，嘉昕就發現子晴的破車停在樓下，可見她人已經回來了。

因為找不到鑰匙，他東摸西找了好一會，才想起來中午交給了子晴。

決定下次再找她拿的嘉昕，掀開門口的踏腳墊，從下方取出備用鑰匙。

在他插入鑰匙，打開門的前一刻，屋子裡忽然傳來奇怪的聲音。

「佩可佩可、過來這邊～」

這個時間唯一有可能出現在家裡的，就只有夏子晴一人而已。

「小喵咪、誰是可愛的小喵喵～」

但是嘉昕不相信那個人會發出這種飄飄然的逗貓聲，因此決定再觀察一會。

「肉球捏捏、捏捏肉球～」

為一探究竟，他嚥了口口水，打開自家鐵門，躡手躡腳的推開木門，提心吊膽的隔著紗窗往裡頭望去。

「乖乖乖，姐姐這邊有小魚乾喔。」

趴臥在地的子晴，穿著襪子的兩腳愉快地前後擺動，手裡疑似正拿著小魚乾引誘佩可。

嘉昕的思緒一秒斷線，腦袋無法理解眼前的狀況。

縱使他隱約知道子晴是位愛貓人士，但是居然到了這種不顧形象、愛貓成痴的地步。

「佩可，我回來囉。」

為保護當事人尊嚴，嘉昕刻意大力關上木門，營造出剛到家的自然反應。

「噫！」

他隔著紗門，隱約窺見子晴像隻受驚的貓，整個人跳起來的畫面。

「你是怎麼進來的⁉」

情緒尚未恢復鎮定的子晴，聲音倒是先恢復了往常的腔調。

「我有備用鑰匙。」

「這、這樣啊……你聽到了？」

「聽到什麼？」

「咳咳、沒什麼。」

「如果妳願意的話，下次還可以再來逗貓喔。」

因為故作鎮定的子晴太過可愛，嘉昕克制不住欺負她的衝動。

「你這傢伙！剛才果然——」

突然響起的手機聲，打斷了兩人之間的對話。

子晴接起口袋的手機，發紅的耳根貼靠上去。

「是，局長……沒錯，嘉昕在我旁邊。」

她的表情突然變得嚴肅，讓嘉昕產生一種不好的預感。

「明白了，我們現在馬上過去。」

嘉昕看著結束通話的子晴，忐忑不安的問道：

「發生什麼事了嗎？」

只見子晴握著電話的手猛然施力，帶著憎惡的語氣回答：

「星之使徒出現了。」

接獲星之使徒活動的消息，兩人火速趕往管理局，子晴在民用道路狂飆，途中不小心撞爛臭豆腐的攤位，她趕緊搖下車窗遞出名片，要老闆去相關單位申請賠償，明顯有濫用公權力的情形。

搭乘電梯上到五樓的研究樓層，大批研究人員在房間忙進忙出。

這幅忙碌的光景之中，有兩位格格不入的男子，悠閒地坐在會議室裡喝熱咖啡。

一位是ＴＳＡＢ、也就是時空管理局的局長趙磊，解開領帶的他，才剛下班就被通知出現了時空裂縫。

因為博士的應變小組和部下太過能幹的緣故，他僅僅是作為發號司令的總指揮坐鎮於此。

另一位是自稱ＴＳＡＢ第一把交椅的郭政凱，換上棕色西裝的他，不僅彰顯了健壯的體格，模樣也十分帥氣。

因為是等待出發的現場人員，所以現在唯一能做的只有調整狀態。

「局長，狀況如何。」

子晴快步走進會議室，嘉昕緊跟在後。

「你們來啦，子晴妳先去換裝，等博士確認完時間和位置，就準備進行作戰會議。」

「我知道了。」

「對了嘉昕，我想讓你參與這次的任務。」

此言一出，不僅令嘉昕震驚無比，就連剛走出去的子晴也折返回來。

「慢著、我反對！他不過才來三天而已。」

「又不是要去戰場，只是要回到過往的城市，就當作提早進行職場體驗也不錯。」

子晴瞪了政凱一眼尋求支持，不打算表態的後者喝了一口咖啡回答：

「不要那樣看我，我通常都是沒意見的那個。」

「局長，我們無法保障他的安全，萬一出了什麼意外……」

面對子晴姐的疑慮，趙磊不以為意的說道：

「要是真的嫌嘉昕礙事，就讓他待在安全地方拿行李，多一個幫手總比沒有好。當然，前提是嘉昕本人有意願要去，我不會勉強。」

「我……」

面對時空旅行這麼有意思的事情，說不想去是騙人的，但是嘉昕知道現在並不是去旅遊，而是打擊犯罪，他完全想不到自己能派上什麼用場。

「……我想跟他們一起去。」

「理由呢？」

「雖然我選擇加入ＴＳＡＢ，但仍會感到不安，不知道自己所做的決定是否正確，我希望藉由這次機會消除內心的迷惘。」

如果時空跳躍的副作用比預期中難受，也可以儘早認命放棄，回去當個普通的大學生。

「很好，非常好。」

盈滿笑容的趙磊，放下咖啡拍手鼓掌，隨即將桌上的一個紙袋遞給嘉昕。

「這是什麼？」

「你的制服，以防萬一前天我請人訂製的，沒想到今天才送過來就派上用場了。」

「哦哦哦哦！」

受寵若驚的嘉昕，整個人興奮了起來。

怪不得他加入那天，除了填寫大量個人資料，還莫名丈量了身形尺寸。

「時間不多了，快去把衣服換上。」
子晴姐似乎不滿意這樣的結果，責難般的督了嘉昕一眼，之後才走了出去。
嘉昕提著衣服進到廁所換裝，相較政凱的鮮豔色系，他的西裝是普通的深藍色，讓偏好低調風格的他十分中意。
換上西裝的嘉昕，在鏡子裡前後打量，滿意的頻頻點頭。
不得不說人要衣裝佛要金裝，他從沒想過相貌平凡的自己，也有稱得上帥氣的一天。
「糟糕，要是當初有跟老爸學怎麼打領帶就好了。」
嘉昕對著廁所鏡子調整領帶位置，卻怎麼樣也弄不正，總是會歪一邊。
剛走出廁所，就和從女廁出來的前輩碰上。
子晴同樣換上了一套黑色西裝，原本就相當英姿瀟灑的她，此刻看上去又更加成熟穩重。
「嗚哦！子晴姐這樣穿超帥氣的耶。」
嘉昕率直地開口誇獎，換來的是一雙襲來的手。
子晴姐一把揪住後輩的領帶，將其往上拉緊調好。
「領帶歪了。」
鬆了口氣的嘉昕，還以為自己說錯話要被揍了。
「是說為什麼要換西裝啊？ＴＳＡＢ的制服嗎？」
「正式的服裝是身份的象徵，能在出入各種場合的時候減少麻煩。」
嘉昕聽她這麼一說覺得有點道理，如果在宴會場合上看到穿著運動外套的人，警衛肯定會把那個人攔下來。

回到會議室，嘉昕立刻獲得了趙磊跟政凱的讚賞。

「哦哦，很帥哦新人。」

「果然是人要衣裝，佛要金裝。」

道出了這種剛才他在心裡OS的感言。

接在後頭進來的，是楊博士和捧著一小疊資料的莉莉，莉莉把燈關上移開白板，並用遙控器打開了投影機。

映在牆壁上的畫面，毫無疑問是本國的北部地圖，其中有一小塊面積被亮著的紫色污漬蓋過。

楊博士手握伸縮棒，輕敲那塊紫色的汙點說道：

「星之使徒前往的日期和座標已經查明了，距今二十年前的十二月四日，重北市。」

「哇嗚，這次是二十年前呀。」

嘉昕看著發出讚嘆聲的政凱，內心也同樣感到驚訝，這時候的自己大概都還在母親的肚子裡。

「這天重北市有發生過什麼大事嗎？」

面對趙磊的提問，莉莉看了一眼手上的資料回答：

「是的，歷史上的這天，列支敦斯登公主作為外交使節參訪我國，在此待了三天的時間。」

「嗯……所以星之使徒的目的很有可能就是找這位公主麻煩，任務目標暫定為保護公主安全，剩下的你們現場自行定奪。」

「好耶，有機會可以一親公主芳澤。」

摩拳擦掌的政凱，情緒看上去相當高昂。

「不過二十年前嗎，美好的年代，記得那時雞排一片只要二十五元，我的胃口也還能夠一次吃兩片。」

陷入過往回憶的趙磊，臉上浮現緬懷的笑容。

「嘉昕，你穿這樣好帥喔！姐姐我幫你拍一張照喔。」

「喂、你們幾個還不快點出發，拖得越久，跳躍時頭只會更痛。」

在楊博士的催促下，莉莉從旁拿出一個盒子，裡面裝著六支先前所看到的手錶型時光機。

政凱與子晴各拿了一支戴到手腕，嘉昕則耐心的聽博士講解使用說明。

「聽好了，左邊這個面板顯示的是年份和日期，右邊則是經緯度，都已經設定好了，不想掉進太平洋餵鯊魚的話千萬別亂調。」

「同時緊壓左右兩邊的按鈕就可以進行跳躍，若要返回現代，就連按三下中間的紅色按鈕。」

「隨時注意裝置的狀況，因為有內建太陽能電池，所以不至於會沒電，但是損毀故障可就回不來了。」

最後一句話讓嘉昕憂心忡忡，這種精密儀器感覺就很不耐摔，他擔心走在路上不小心跌一跤摔壞就完蛋了。

彷彿看穿了嘉昕的疑慮，樂天派代表的政凱，厚實的手掌對他的肩膀一陣猛拍。

「放心啦，萬一回不去，我們就在當地賣幾種未來會熱銷的食物過活，像是蛋塔、翡翠檸檬之類的。」

「來嘉昕，這個給你，裡面有可能會派上用場的東西和必要資訊。」

嘉昕接過莉莉遞給他的手提箱，仔細一看其他兩人也提著相同的箱子。

趙磊輕拍手掌，對他所信任的部下命令道：

「好了，還不快點動身去保護公主殿下！」

在場的兩名特務外加一名實習生，不約而同按下手錶上的按鈕。

「ＴＳＡＢ，出動！」

第四章　特務實習生與過去的公主

按下按鈕的瞬間，會議室的畫面無限拉長，變成一條暗紫色的流體通道。

嘉昕宛如身處睡夢之中，四肢失去知覺，唯有意識持續向下墜落。

如同在搭乘遊樂園的自由落體設施，只不過速度超乎想像。

他聽不到嘴裡發出的吼叫，連聲音也被遠遠拋在後頭。

雙腳著地的那一刻，嘉昕因為慣性的錯覺往後坐倒。

他發現自己坐在某個視野開闊的廣場，周遭的景色，看起來意外眼熟。

嘉昕沒記錯的話，這裡應該是中央紀念堂廣場，這地方無論經過多久似乎都沒有太大變化，確實很適合當成跳躍地點。

他看了一眼手錶確認時間，毫無反應，就只是台普通的時光機器。

徐徐的冬陽高掛天際，時間大概接近中午，出發的時候是傍晚，可見真的來到了不同的時空。

「很好很好，大家都平安無事。」

政凱從遠處朝這邊走來，嘉昕這才發現子晴趴在他的斜後方，一臉難受的扶著額頭。

「子晴姐，妳還好嗎!?」

「不要緊，穿越的副作用罷了，休息一下就會復原……」

嘉昕沒想到楊博士所說的頭痛，是物理層面上的疼痛。
相較子晴難受的神情，政凱倒是精神飽滿，一副沒事人的模樣。
「政凱哥沒有副作用嗎？」
「有副作用啦，哪次沒有過。」
「具體來說是什麼感覺？」
「就像一口氣吃太多冰，腦袋會陣痛的那種感覺。」
嘉昕看了子晴一眼，不相信有人吃冰會痛到趴倒在地。
「加油啊子晴，副作用什麼的靠毅力撐過去！」
比起副作用的頭痛，在旁邊喧嘩鼓舞的政凱，更讓子晴感到煩躁。
「不好意思，麻煩安靜一點……」
她勉強站起身子，左右搖晃試圖站穩腳步。
嘉昕既沒有感到頭痛，身體也沒有任何不適，副作用趨近於零，可見自己真的很有這方面的天賦。
完全恢復的子晴，做了個大大的深呼吸，提起手提箱說道：
「好了，可以出發了。」
「我們現在要去哪裡？」
「當然是去機場了，公主可不會從天而降。」
「這個時代電車好像還沒有機場線，我們要怎麼過去？」
嘉昕印象中機場線是幾年前才通車的，這個時代照理說還是用舊方法搭客運去機場。

「為什麼要搭大眾運輸工具？當然是開車啦小笨蛋。」

「原來如此，政凱哥家裡有車啊。」

「拜託，就算我家有車，你要我頂著這副模樣去借來開嗎？當然是用租的好不好。」

他試著想像政凱跑回自己家裡，跟二十年前的父母打招呼借車的荒唐畫面。

「這個時代就有租車服務了嗎？」

「禾運這家老牌的租車公司，二十年前就有服務據點，了解每個時代的狀況，是時空特務的必備技能之一，好好學著點。」

「但是證件怎麼辦，租車需要證件吧。」

政凱嘖舌搖指，用手輕拍手提箱。

「你也聽莉莉說了，這裡頭有一切我們在這個時代所需要的東西，槍枝、追蹤器、偽造證件應有盡有。」

說著說著，政凱就從手提箱裡取出一張身份證，看著自己的偽造證件笑了出來。

「許家豪，哈哈哈這名字有夠菜市場的。」

三人搭乘計程車來到禾運租車的據點，未來人政凱大搖大擺的走了進去，用假證件辦理租車。

過沒多久，他便開著一台拉風的黑色跑車駛至大街，對在外頭等候的兩人按了聲喇叭。

子晴一坐上車，立刻抓住政凱椅背唸道：

「你就不能選台外觀低調點的車嗎？」

「反正撞爛也不用賠，當然選性能最好的車啦。」

這種不負責的心態，讓嘉昕質疑這個到底是不是警察。

「準備一路飆去機場囉！」

心情愉快的政凱打開廣播，電台正在撥放現代足以被稱作經典老歌的音樂，讓嘉昕再次產生了穿越時空的真實感。

高速公路上，後座的子晴姐將手提箱打開，各式雜物井然有序的擺放著，正中央則是一把手槍和兩個備用彈匣。

她拿起裡頭幾張臨時打印裝訂的資料，確認和任務相關的情報。

嘉昕見狀同樣打開手提箱，想確認那份資料寫了些什麼，結果剛開啟就讓他摸不著頭緒。

「那個……子晴姐，我的槍怎麼好像跟妳的不一樣？」

手提箱內的手槍不僅構造不同、而且沒有槍口，連彈匣也沒看到。

「那是電擊槍。」

「電擊槍？」

比起困惑，嘉昕內心更貼近不屑。

面對殺人不眨眼的犯罪集團，居然只給實習生一把電擊槍防身。

「三萬伏特電流，射程六公尺，對成年男性也能立即見效，是能有效制服對手的武器，打開這兩邊的保險閥跟電閥就可以使用了。」

「聽起來好像很厲害啦，但我還是想要真正的武器。」

「用不順手的武器，只會害了自己。」

駕駛座的政凱，突然以正經八百的語氣這麼說道。

嘉昕猜想他是不是有過什麼慘痛的經驗，才會這麼出言告誡，結果馬上又回頭補上一句：

「吶吶、我是不是講了一句帥氣的台詞？」

跑車駛入機場的臨時臨車場，三人前往第一航廈的大廳，準備迎接以公主為主的使節隊伍。

走在前頭的政凱，從口袋拿出一副墨鏡戴上，接著看向左手腕的另一支錶說道：

「現在是五點十五分，距離出關還有二十分鐘左右。」

手提箱內的資料十分詳細，除了隊伍抵達的時間，人數名單，就連公主穿的是白色圓領洋裝，這種細微的情報都有記載。

「總之先在這附近逛逛尋找可以人物，若是發現老朋友的身影，記得立刻通知我。」

政凱提著手提箱往左側走去，子晴和嘉昕則往反方向移動，搭乘電扶梯上到二樓。

跳躍至現場以後，行動方針由兩人互相協調，由於政凱的指示基本無誤，子晴很少提出相反意見。

從上方俯瞰大廳，除了幾組像是記者的人員外，其他都是拖著行李箱的旅客，並沒有看見行跡詭異的可疑份子。

「好像都是一般民眾耶子晴姐，星之使徒有什麼特徵嗎？」

「別放鬆警戒，他們有可能裝扮成任何模樣，我們就曾遇過整形成老人的星之使徒。」

「那個叫顏雨詩的女人呢？她應該很好認吧？」

就連只有過一面之緣的嘉昕，都保證化成灰也認得出對方。

「那女人不會輕易露臉，每當她主動現身，就代表行動已經正式開始，那時候也不必特地去找他們了。」

嘉昕暗自抱怨這樣子根本無從找起，此時耳邊突然傳來政凱的聲音。

『怎麼樣，有沒有看到什麼可疑的傢伙？』

嘉昕輕按耳麥嘗試回話：

「目前還沒有發現可疑人物。」

他覺得對著空氣說話的自己，就是這裡最可疑的人。

『我剛才已經巡過了，附近沒有能夠狙擊的地方，你們倆繼續留意人群的動向即可。』

雖然只是負責打雜，但是戴著墨鏡用耳麥通訊，讓嘉昕覺得自己真的就像個特務一樣。

『新人你記好，假設有什麼突發狀況，就先找地方躲起來，等到狀況解除再出來。』

「瞭解。」

要是真的有什麼狀況，嘉昕打算直接用時光機逃回現代。

『隊伍就快要出來了，子晴，妳到出口左側的柱子那邊待命。』

「收到，嘉昕你留在二樓，有狀況隨時通知我們。」

子晴下樓後，待在二樓的嘉昕，視線緊盯聚集在大廳的記者群，最有可能偽裝接近的就屬他們了。

兩名隨行的護衛一現身關口，記者紛紛騷動了起來，聚集過去準備採訪。

隨後出現的隊伍，在群眾熱鬧的歡迎聲中登場，正中央戴著墨鏡的黑髮女性，身穿圓領的白色洋裝，無疑就是那位來自歐洲的公主。

隊伍兩側各有兩名護衛，加上前頭的兩人共有六人，護衛陣容可說是滴水不漏。

彷彿藝人接機一般，周圍的快門不斷閃爍，公主帶著微笑揮手，回應現場的記者和群眾。

政凱混在後方的一般民眾裡，子晴則在視線良好的空曠處監視。

二樓的嘉昕定睛注視人群，提心吊膽監視著底下的一舉一動，萬一突然傳出槍響，場面就尷尬了。

然而事情並未發展成糟糕的情形，隊伍步出機場，就這麼平安無事的搭上了接送專車。

依舊站在樓上的嘉昕，認定危機解除，安心地說了一句。

「太好了，星之使徒沒出現耶。」

按照星之使徒上次的狂妄程度，他以為對方會在機場引發機槍掃射的喋血衝突。

『笨蛋，只是還沒出現罷了。子晴，車牌妳記下沒有？』

『記下了。』

『很好，嘉昕你立刻往停車場移動，要準備跟車了。』

政凱一上車便踩把油門踩到底，在高速公路上狂飆，沒兩三下就追上了先行的車隊。

一行人保持八個車身跟在後方，監視其他車輛有沒有不自然的動向，但是直到車隊下橋，都沒有察覺到任何襲擊的徵兆。

冬天的太陽沉沒得特別快，才剛入夜，城市就已被寒氣所籠罩。

怕冷的嘉昕，慶幸自己現在穿的是長袖。

因為過於無聊，他忍不住打開話匣子問道：

「有沒有可能，星之使徒的目標根本就不是公主。」

開車開到發慌的政凱，打了個大大的哈欠回答：
「既然他們選擇穿越到這一天，就代表肯定跟公主有關，否則大可挑其他的日子。」
「但是如果真的想害公主，怎麼不乾脆選在飛機上裝炸彈就好？」
既不容易被發現，又能確保計畫的成功性，簡直是一石二鳥。
「大概是要營造公主在我國境內遇害的假象，這個年代我們在國際間的形象還不穩固，公主來訪以後，邦交國才開始逐漸增加。」
「這麼厲害，那個劣質鎢絲燈是什麼樣的國家？」
「是列支敦斯登。」
從剛才開始就保持安靜觀看資料的子晴，此時也加入了話題。
「它是歐洲中部的一個內陸山間小國，夾在瑞士與奧地利之間，屬唯一一個用德語作為官方語言，但與德國沒有交界的國家。」
「雖然土地狹小兼人口稀少，國民的收入水準卻極高，以避稅天堂和高生活水準著稱，是我們的重要邦交國。」
「天啊，我都不曉得這個國家這麼厲害。」
地理差勁的嘉昕，連瑞士跟奧地利在哪都不曉得，更別說是夾在兩者中間的小國。
「你知道嗎新人，我們這邊還出過駙馬爺喔。」
「駙馬爺？」
「這次來訪的那位卡瑟琳娜公主，未來的丈夫就是我國南部人。」

「居然有這麼巧的事。」

「據說是因為這次參訪，對我國印象深刻，隔年私下來旅遊時跟丈夫結識，我記得那傢伙跟新人你長得還挺像的。」

「真的假的，我會去查喔，不要騙我。」

嘉昕眼角餘光注意到一台黑色廂型車正靠近車隊，於是趕緊出聲警告：

「政凱哥，那輛車正在逼近！」

「看到了，交給我吧！」

政凱才剛加速，那輛車就開得更快，直接超過車隊揚長而去。

「好吧，看樣子只是個惡意超車的不良駕駛。」

接下來路上也遭遇了幾次類似的情形，結果都只是虛驚一場。

使節團抵達下榻的飯店後，三人才稍微放下戒心。

下班時段的主要幹道，無論哪個時代都塞得水洩不通，政凱和計程車一同停靠在飯店對面的馬路邊，伸了個大大的懶腰。

「好～接下來就是漫長枯燥的盯哨工作了。」

「根據春天大飯店的平面圖，除了大門以外，還有停車場和一個員工用的出入口，我去實際確認一下。」

「交給妳啦，我留在這裡監視大門。」

子晴下車後，嘉昕注視入口處站的武裝保安，好奇地問道：

「先不說使節團有那麼多護衛，這裡看起來戒備森嚴，星之使徒真的有辦法輕易入侵嗎？」

政凱把椅背往後降，兩腳直接跨上擋風玻璃前的面板。

「就是因為有戒備，所以才會容易鬆懈，先死的都是這些人啦。更別說對方躲在暗處，天曉得會出什麼陰招。」

「我們待在外頭，萬一星之使徒埋伏在裡頭該怎麼辦？」

「這間飯店的安檢出了名的嚴格，專門接待國外貴賓，出入得進行全身檢查。倘若星之使徒要動手只有兩個可能，一個是兩手空空的進到裡頭，徒手撂倒眾多護衛，另一個就是直接硬闖，以火力壓制正門。」

「要是他們敢來，我郭政凱大爺就親自給他們一點顏色瞧瞧。」

春天大飯店奢華典雅的餐廳裡，列支敦斯登的使節團，正與負責接待的官員共進晚餐。

作為主賓的的公主索菲亞，自然是話題的中心人物，以至於餐具每動兩下就得暫停應答。

「索菲亞殿下此趟來訪，若是有什麼想去的景點，或者想體驗的活動，這邊都可以為您調整行程。」

「我對貴國文化還很陌生，無論什麼活動都很有興趣。」

酒酣耳熱之際，一名女服務生捧著酒瓶上前，帶著微笑禮貌地躬身詢問：

「香檳？」

「不用了謝謝。」

因為服務生用的是本國語，索菲亞也用本國語回答，因此在餐桌上引起一陣熱議。

「哎呀，索菲亞殿下的本國語說得真流利。」

「哪裡，我本身有在學習四種語言，很高興有機會能學以致用，若有錯誤的地方請務必糾正。」

「不會不會，聽起來完全就像是本地人。」

「十八歲就精通四國語言，真是太了不起了。」

剛才的女服務生，一邊聽著酒席間的阿諛奉承，一邊替諸位貴客倒酒。

孰不知此人正是偽裝成飯店人員的顏雨詩。

這裡一共有三百多名員工，只要想辦法取得磁卡進入內部，短時間內誰也不會發現多了一個人。

「祝您有個美好愉快的夜晚，公主殿下。」

她守望笑容甜美的公主，暗自獻上惡質的祝福。

街燈寧靜地佇立在人行道，逐漸減少的車流，象徵城市的休息。

這裡卻也有個無法休息的未來人，監控了一個多小時，飯店方面依然沒有任何風吹草動。

「時候差不多了。」

政凱哥坐起身子，嚇得打瞌睡的嘉昕猛然睜眼，慌張地左右探頭。

「星之使徒出現了嗎？」

「新人，去買點吃的回來，我肚子餓了。」

冷靜下來的嘉昕，困惑地問了一句：

「……咦，我去買？」

「廢話，打雜不就是你的工作嗎？沒吃飽怎麼有力氣打仗，順便買點咖啡跟提神飲料回來。」

他按照吩咐，下車前往附近的便利商店，手提箱裡放的鈔票與現今別無二致，還有一些很久沒在市面上見過的舊式硬幣。

嘉昕在二十年前的便利商店逛了一下，除了熟悉的產品包裝風格很古早，遊戲架陳列著好幾排網遊的光碟產品包，連報紙的厚度也是現今的兩倍。

對未來人而言，過去的一切反而令人感到新奇無比。

結束探險的嘉昕，提著飲料離開，此時一名女性上前和自己搭話。

「不好意思，我有點迷路……」

對方是一位包頭巾戴墨鏡，身穿藍色洋裝的女性，嘉昕原本以為是位穆斯林，但是對方只是隨便包一包，完全沒遮住底下的金髮。

「請問三興夜市怎麼走？」

「抱歉，我不是本地人。」

更精確一點，不是這個時代的人。

再說嘉昕也不住這一帶，就算三興夜市幾百年都沒換過位置他也不曉得。

抱持東方人的驕傲，他覺得自己應該展現對外國遊客的熱情，因此示意要對方等一下，又跑回了便利商店內詢問店員。

「久等了，店員說這條路走到底，十字路口斜對面就看得見了。」

「我知道了，謝謝你。」

操著一口流利本國語的金髮女子，向嘉昕躬身致謝。

做了好事嘉昕心情格外舒暢，對方絕對想不到，自己受到了未來人的幫助，想到這點他就覺得很有趣。

「二十年前的夜市啊，真想去逛逛……別傻了，現在在出任務，肯定會被罵的。」

「雞排只要三十五元，珍奶也是二十五元一杯，這個時代果真棒呆了。」

蕭瑟的寒風中，逛完夜市的嘉昕提著滿滿的戰備物資，回到停靠路邊的跑車。

不知何時跑到後頭的政凱，已經整個人躺了下來呼呼大睡，反之子晴則是換到了駕駛座。

「來，妳的咖啡。」

「謝謝。」

因為後座被霸佔，所以嘉昕理所當然的坐到前座。

「嘉昕，你也睡一下吧，現代也差不多要過十二點了。」

「沒關係，不如說我現在其實緊張到睡不著，畢竟進行了超級科幻的時空跳躍。」

「這對你來說的確有點太早了。」

子晴啜飲了一口大鬍子圖案的罐裝咖啡，這味道無論經過多少年都沒什麼變化。

「子晴姐第一次出任務的時候是幾歲呀？」

「二十一歲，但我當時已經受過了完整的訓練。」

嘉昕很明白，子晴與政凱兩人，和實習第三天就臨時受命的菜鳥實習生有著天壤之別。

「加上那時人手還很充足，我前幾次出任務就像你一樣，跟在前輩的屁股後面打雜。」

子晴憶起那段手忙腳亂的時光，嘴角浮現淡淡的笑容。

「那些前輩該不會都已經……」

因為現在只剩下兩名特務，嘉昕忍不住往糟糕的方面聯想，子晴趕緊搖手澄清。

「不，他們還活得好好的。時空跳躍產生的副作用因人而異，情形嚴重的人，甚至還會產生精神方面的後遺症，所以TSAB大多數的前輩，最後都是出於健康因素轉調部門。」

「政凱已經夠厲害了，像你這樣經歷跳躍後若無其事的人，我還是頭一次見到。」

嘉昕默默拉長了臉，不僅任務執行困難，就連時空跳躍本身都有風險，怪不得薪資這麼優渥。

「第一次出任務的時候，也是阻止星之使徒？」

「嗯，當時他們劫持了一艘郵輪，在鯊魚出沒的海域逼迫乘客走跳板。」

「原來他們從以前開始就這麼喪心病狂。」

「還有一次，是在遊樂園的摩天輪裝設炸彈。」

「那群人到底多喜歡亂炸東西啦。」

就這樣，嘉昕聽子晴講述著過去發生的故事，時間一分一秒的過去。

終於感到睏意的嘉昕，沉重的眼皮不自覺地闔上。

意識矇矓的他，依稀見到表情溫柔的子晴，微笑著替自己蓋上毛毯。

不曉得經過了多久的時間，直到衝撞飯店大門的廂型車，替這個危險的夜晚揭開了第一幕。

晚間十一點整，四名護衛分別站在公主和另一名大使的房門外看守，七樓這層目前只有列支敦斯登的使節團入住。

這個夜深人靜的時刻，偽裝成服務員的顏雨詩，推著推車出現在走廊的另一頭。門口的護衛見到有人出現，自然提高了戒心，即便對方是女服務員也沒有鬆懈。

雨詩帶著甜美的笑容，對護衛們行了個注目禮。

推車緩緩經過第一組護衛面前，往大使所在的房間移動。

抵達第二個房間的雨詩，掀開餐車上的鄉土料理，燉得入味的烤雞散發氣，令人食指大動。

她接著將紙巾包覆的餐具擺至餐盤旁邊，行為舉止看上去是那麼的正常。

隨著紙巾攤開，一名護衛注意到不自然的地方，正準備要出聲，下一秒就看見女服務員揮動手臂，頓時鮮血四濺。

包覆在紙巾裡的餐具，一組三把全是刀子。

護衛目睹同伴被割開喉嚨，迅速取出腰後的手槍，對方的速度卻比他更快，一個轉身投擲餐刀，精準地刺穿自己的右腕。

「喂、發生了什麼事！」

雨詩抽出第一名護衛腰後的手槍，轉身搶先開火，擊斃另外兩名護衛，接著再對手腕受傷的那名護衛補上一槍。

注意到走廊的槍響，正在休息準備換班的剩餘兩名護衛，一開房門就看見雨詩舉起的槍口。

短短十五秒鐘的時間，六名護衛已全數遭到殺害。
使節團和護衛們的房間配置，她早已瞭若指掌。
渾身是血的雨詩，最後悠哉地回到公主的房間前，抬手輕敲房門。
「您好，客房服務。」
裡頭沒有任何回應，或許是聽到走廊槍響，因此注意到危險。
沒打算等待的雨詩，從口袋拿出萬用磁卡，將上鎖的門扉打開。
見到持槍的服務員，站在床邊的金髮女子，忍不住驚叫出聲。
雨詩則因為沒找到目標，懊惱地皺起眉梢。
「嘖，是替身呀。」
隨著槍聲響起，尖叫聲很快便平息。
沒放過走廊上的驚恐叫聲，雨詩快步走了出去，發現一名因為過度驚嚇坐倒在地的金髮女性，手裡鹽酥雞灑滿一地。
雨詩立刻就察覺對方的身份，把槍藏在背後，露出營業式的笑容朝索菲亞徐步走去。
「公主殿下，晚上獨自在外頭遊蕩是很危險的。」
語畢的瞬間她立刻舉槍射擊，沒料索菲亞搶先一步飛撲，躲到轉角的牆壁後面。
雨詩見狀追了上去，經過轉角就見到往下的樓梯，於是從口袋拿出耳麥命令道：
「目標逃跑了，實施B計畫。」

一台黑色廂型車，深夜轉進飯店方向，引起了子晴的注意。
果不其然，這台可疑的車輛絲毫未減速，直接撞進大廳，入口處的玻璃門應聲碎裂。
車門一打開，全副武裝的星之使徒下車便是一陣掃射，放倒入口的武裝保全，就連大廳的工作人員也沒有放過，室內頓時槍響四起。
睡夢中驚醒的政凱，整個人誇張地從後座跳起來。
一起床就看見監視地點遭人血洗，面對星之使徒如此猖狂的行徑，他咬牙切齒怒聲罵道：
「好傢伙，敢在太歲頭上動土！子晴我們走、嘉昕你就在車裡待好！」
政凱將彈匣掛上腰帶，持槍下車快跑過街。
「嘉昕，千萬不要離開車子，有任何狀況就通知我們。」
子晴再三叮嚀後，跟著政凱前往飯店正門。
留在車內的嘉昕，因為荷槍實彈的衝突場面，內心震撼不已。
「這裡應該很安全吧，我就在這裡等到槍戰結束。」
擔心會有流彈飛來的嘉昕，身體躲在儀表板下方，只留露出一顆腦袋在擋風玻璃後，偷偷觀察飯店的情形。
他注意到飯店上層有個奔跑的人影，視線追著它移動。
一名金髮女性從室內跑到露天觀景台，疲於奔命的她，似乎在大聲呼喊些什麼。
伴隨突如其來的頭痛，清晰的預知畫面出現在嘉昕面前。
他看見對方在充滿濃霧的走廊四處逃竄，身穿飯店制服的顏雨詩出現在她背後，舉起手槍射殺女子。

「大樓失火了嗎？顏雨詩又為什麼要追殺她？該不會那個人就是公主吧？」

抱持種種疑問，嘉昕心裡著急得不得了。

他右手伸向耳麥，想將此事告知政凱等人，卻又擔心自己搞錯添亂。畢竟外國人在嘉昕眼裡都長得差不多。

「怎麼辦怎麼辦怎麼辦!?」

忽然間，嘉昕想起子晴稍早前說的話。

——除了大門以外，還有停車場和一個員工用的出入口。

看向手提箱的嘉昕，腦子裡浮現實習生不該有的念頭。

「……抱歉！一有狀況我就會馬上逃走的。」

他下定決心似的握起電擊槍，打開車門往飯店的方向移動。

此時的飯店大廳，春天大飯店的保安部隊正與星之使徒激烈交戰。

人數佔了絕對優勢的保安部隊，戰況卻屈居下風，不僅沒能擊斃來犯的暴徒，將近一半的人還因為怯戰發抖，心生逃跑念頭。

雖說是受過訓練，且配備精良的武裝保全，但在這個和平的時代，缺少實戰經驗的他們對上真正的傭兵，就只有單方面被壓制的份。

「哈哈哈一群弱雞！連地方幫派的小混混都不如。」

看穿這群人是紙老虎的星之使徒，卯足了勁全力開火，大廳內華麗的裝潢掛畫遭到無情的破壞。

躲在轉角的一名保安，正用無線電尋求支援。

「這裡是本棟一樓大廳，需要支援、重複，需要支援——」

滾至腳邊的一顆手榴彈，打斷了他的呼叫。

無情的屠殺過後，星之使徒拿出汽油，從大廳一路往裡頭潑灑，其中一人拿出打火機，就遭到新人制止。

「慢著，那個叫顏雨詩的女人還在上頭不是嗎？」

「放心吧，這點程度雨詩大人死不了的。」

他將打火機隨手一扔，碰觸到火焰的汽油迅速引燃，在一樓各個方位延燒開來。

此時大廳再度傳來的槍響，吸引了他們的注意。

「你爺爺來了，還不快問好！」

正楷與子晴的奇襲，分別放倒一名星之使徒，剩下的人也不是省油的燈，各自尋找掩體展開反擊。

四把衝鋒槍對著躲在梁柱和櫃檯後方的兩人掃射，入口落地窗的玻璃大片被射出彈孔碎裂，刺耳的槍響不絕於耳，火力差距一目了然。

因為猛烈射擊無法探頭的兩人，躲藏的掩體不斷遭到子彈直擊，梁柱的體積不斷被削薄。

政凱從黑得透亮的地面，注意到懸吊大廳天花板的水晶吊燈，於是探出槍口往上方射擊。

「啊啊啊啊！」

吊桿被射斷的巨大吊燈傾斜掉落，砸中一名星之使徒，發出響亮的巨響，數不清的水晶殘骸四處飛濺。

政凱與子晴趁著混亂變換位置進行反擊，再度擊斃兩名措手不及的兩人，迫使剩餘的星之使徒轉攻為守。

持續擴大的火勢，阻斷了星之使徒的退路，被自己放的火給困死，簡直諷刺到一個極致。

「媽的，這兩個人到底打哪來的⁉」

打完第二個彈匣的政凱，裝填最後的彈匣，繼續對星之使徒所在的掩體一對猛轟，彷彿在對方才囂張的氣焰還以顏色。

子彈耗盡的聲音，給予了兩人反擊的信號。

「他沒子彈了，趁現在！」

兩名星之使徒舉槍探頭，卻沒發現對方的身影。

此時其中一人眼角餘光，看見政凱以滑壘之姿飛快地闖進兩人中間，手裡交叉緊握的兩把槍，如展翅般大大張開，同時擊斃最後的兩名星之使徒。

「笨蛋，這裡滿地的屍體，還愁沒有槍嗎？」

面對越發旺盛的火勢，子晴用袖子遮掩口鼻，卻沒有太大的效果，被濃煙薰得表情難受。

「公主還在樓上，我們必須想辦法救她。」

政凱緊抓子晴肩膀，拉住意圖衝進火場的同僚。

「消防隊很快就會趕來，交給他們就行，怎麼說都是外國大使，說什麼也會把人救出來的。」

星之使徒剿滅的當下，任務可以說已經完成了一半，和政凱他們相同，由於現場的時間和人員有限，因此很少會留後手。

接下來只要確認公主安全脫困，就可以準備撤退了。

此時某個熟悉的女聲透過廣播系統，在整棟大樓裡迴盪。

『各位親愛的貴賓，火勢已在我們的掌控之中，請各位不要過度驚慌，冷靜地待在房裡等待救援。』

這段不負責任的廣播，接著又用英文版本重複了一次。

「該死，那女人也在這棟建築物裡嗎⁉」

恨得牙癢癢的子晴，再度興起上去逮人的衝動。

打消她這股念頭的，是來自後輩的聯繫。

『政凱哥、子晴姐！聽得到嗎⁉這裡是嘉昕！』

「嘉昕？發生什麼事了！」

嘉昕的聲音聽起來很倉促，背景還傳來槍響及人們驚慌失措的聲音。

『飯店四樓有沒有地方可以下去，急、在線等！』

「新人！你人怎麼會在飯店上面？」

『說來話長，總之我和公主正遭到顏雨詩追殺！』

十分鐘前，心急如焚的嘉昕來到飯店側邊，撞見許多飯店員工倉皇地員工出入口逃出來，便趁機溜了進去。

推開安全門往上爬的同時，他注意到下方開始有白煙飄上來，於是加快了腳步。

受到一樓槍戰和火災的影響，仍在樓上的飯店人員完全慌了手腳，忙著聯繫警方和消防局。許多房客仍不清楚發生了什麼事，離開房間聚集在走廊尋求說明。

下層的尖叫聲與竄升的白煙，無疑給出了最好的解答。

嘉昕穿過驚慌失措的人群，尋找剛才那名在出現在五樓觀景台的女子。

底下因為不明原因成了一片火海，不可能往下移動。

既然如此，對方應該還在二至五樓徘徊。

「救命啊，上面有個女的在亂開槍！」

從樓上往逃下的房客，揭示了顏雨詩和對方的位置。

嘉昕謹慎地前往四樓，一路上全是在走廊奔跑呼救的房客，他僅能依靠槍聲的方向移動。

經過轉角的瞬間，目標人物和嘉昕正面撞上，他趕緊攙扶險些跌倒的女子。

「Hilfe，有壞人在追殺我！」

索菲亞慌張地用母語求救，接下來才改以嘉昕聽得懂的語言解釋。

「不好意思，請問您是索菲亞殿下嗎？」

「是的、就是我沒錯。」

「太好了，沒白跑一趟！我是來保護妳的特務——」

「Gute Nacht！」

出現在右側走道的顏雨詩，打斷了雙方簡短的自我介紹，舉槍對準兩人，嘉昕立刻抓起索菲亞的手，帶著她往另一個方向逃跑。

大量的濃煙從樓梯湧進，可見火勢已經蔓延到了二樓，廣播系統還發出疑似顏雨詩事先錄好的語聲。

「政凱哥、子晴姐！聽得到嗎!?」

『嘉昕？發生什麼事了！』

來不及往上逃的房客，在走廊擠成一團，嘉昕和索菲亞穿越這些民眾，後方持續傳來槍響和尖叫，可見雨詩完全沒把這些人的性命放在眼裡，只把他們當成礙事的路障。

「飯店四樓有沒有地方可以下去，急、在線等！」

『新人！你人怎麼會在飯店上面？』

「說來話長，總之我和公主正遭到顏雨詩追殺！」

兩人逃進一處酒吧，經過吧檯轉角，索菲亞看見雨詩停下腳步舉起手槍。

「Vorsichtig！」

出聲警告的同時，她直接往前飛撲壓倒嘉昕，享受福利的同時，還學到了一句德語。子彈射碎吧檯上的酒瓶，金黃色的酒液和玻璃灑了一地。

「完蛋，沒地方可以跑了！」

嘉昕和索菲亞躲到座席後方，雨詩非但沒有立即追過去，反而坐上吧檯替自己倒了一杯酒，悠然自得的休息了起來。

佔據入口的她，等待著逃進死路的兩人自投羅網。

『嘉昕，飯店北面的走道盡頭有扇逃生窗，你到得了那邊嗎？』

「我儘量試試。」

嘉昕很清楚，想要離開這裡，唯一的辦法就是打倒那個瘋女人。

他伸手進衣服裡拿出電擊槍，身體猛然發抖。

嘉昕很清楚自己不是特務，只是一個在職場實習三天的平凡大學生。

憑藉一股衝勁上來救人，卻因此陷入困境。

「公主殿下，我需要您的幫忙。」

即使如此，他也沒打算逃跑。

穿上這身西裝，就是隸屬ＴＳＡＢ的一份子，作為一個男人，嘉昕也有自己尊嚴的底線，不允許拋下女性逃跑。

因此他以真摯無比的表情，向坐在身旁的索菲亞請求：

「——請您賞我一巴掌。」

「……為什麼？」

索菲亞聽得懂這句話，卻不明白這麼做的用意，露出一副困惑的神情。

「我現在太害怕了，唯有這樣才能消除我的恐懼。」

索菲亞現在才注意到，嘉昕的樣貌很年輕，不熟悉東方人樣貌的她，以為只有十五六歲。

連這孩子都在拼命努力了，索菲亞認為自己也必須振作起來。

正好她知道比起搧人巴掌，更能讓人冷靜下來的方法。

外頭飄進來的白煙，壞了雨詩品酒的好心情。

認定再等下去也是徒勞，她放下酒杯，準備揪出躲在座席後面的兩人。

「不要開槍，我投降！」

想不到其中一個人，高舉雙手自己走了出來。

「我把武器扔了，拜託不要殺我！」

嘉昕屈膝下蹲，將手裡的電擊槍放置地上，往前一推滑至雨詩腳邊。

「我是ＴＳＡＢ的人，妳想要什麼情報我都可以給你。」

雨詩瞥了一眼嘉昕後方的座位，沙發底下的縫隙有一雙鞋子在，可見嘉昕並非幌子。

「明智的抉擇，可惜我不需要你們的情報。」

雨詩露出冷豔迷人的笑容，拎著手槍站了起來。

「你這副裝扮倒是滿好看的，徐嘉昕。」

嘉昕訝異於雨詩知道自己的身份，但是對方怎麼說都是未來人，就算手裡握有ＴＳＡＢ的成員情報也不奇怪。

雨詩朝嘉昕邁步走去，嚇得他冷汗直流，像隻被蟒蛇盯上的獵物一樣動彈不得。

隨著兩人距離逐漸拉近，嘉昕可以清楚聽見自己的心跳急遽加速。

緩緩抬起的槍口，更讓他背脊一涼，雞皮疙瘩掉滿地。

「什麼？」

注意到背後傳來的細小動靜，雨詩立刻轉身，依然慢了對方一步。

側腹遭電擊槍擊中的雨詩，身體一陣抽搐應聲倒地。

光著腳的索菲亞，悄悄地從另一頭繞到雨詩背後，沙發底下的鞋子不過是障眼法。

「好家在，差點以為要沒命了……」

嘉昕剛才拚了命的將視線維持在雨詩身上，不去注意索菲亞的動向，大功告成後全身發軟癱坐在地。

「沒時間放鬆了！」

索菲亞攙扶起鬆軟的嘉昕，趕在火舌吞沒這裡之前離開。

兩人出了酒吧，整條走道煙霧迷漫，旺盛的火焰在另一頭熊熊燃燒。

所幸他們已經距離逃生出口不遠了，跑了一小段路就找到政凱說的那扇逃生窗——然後體認到殘酷無情的現實。

「政凱哥，這裡根本沒有路啊！」

『我可沒說那邊有路，看到下面的泳池沒有？』

「看到了！」

底下的確有個露天的游泳池，底部還用多色石磚排成巨大的幾何圖形，看上去十分雅致。

『很好，跳下去！』

「這裡是四樓耶！」

『四樓還好啦，奧運跳水也差不多是這個高度。』

陣陣飄來的嗆鼻濃煙，讓嘉昕幾乎要睜不開眼，後頭傳來東西被燒毀傾倒的聲音，火勢隨時會蔓延過來。

嘉昕沒有懼高症，但是從四樓的高度跳出去，不是隨便就能辦到的。

「可惡，沒時間做心理建設了！」

嘉昕打開安全窗，讓索菲亞攀爬上去，他能感受到，攙扶在自己肩膀的手，是如此的不安。

於是他定睛注視索菲亞的側臉，沒有出現任何預知畫面，代表她不會因為跳水而死亡。

為了替公主壯膽，嘉昕握住索菲亞放在他肩膀上的手，信誓旦旦的說道：

「我保證會沒事的，相信我。」

看著嘉昕充滿信心的表情，索菲亞露出瞭然於心的微笑，做了個大大的深呼吸，之後便朝外頭一躍而下，濺起半天高的水花。

見公主平安無事，嘉昕也攀上窗台，俯瞰底下波濤洶湧的池水，努力醞釀勇氣。

「我是隻小小鳥，飛就飛叫就叫，自由逍遙～」

不知從哪傳來的歌聲，使嘉昕停下了動作回望身後。

「我不知有憂愁，我不知有煩惱，只是愛歡笑～」

舞動火光的映照下，染成橘紅色的走廊上，哼唱兒歌的顏雨詩，踩著從容的步伐往這邊靠近。

「真的假的，那女人是怪物嗎⁉」

嘉昕驚訝地倒抽了一口氣，他以為昏迷的雨詩會葬身火場，想不到對方沒兩三下就爬了起來。

宛如火場中具現化的死神，行走火場的雨詩，單手將馬尾解開，紫色的秀髮隨風飄散。

「我是隻小小鳥――」

她抬起持槍的右手開火，子彈命中嘉昕腳邊的窗台。

在死神的催促下，嘉昕把握得來不易的勇氣一躍而下。

「啊啊啊啊——！」
才剛放聲大叫，他就整個人栽進泳池，張開的嘴巴因此吃進不少水。
一隻結實有力的手臂抓住嘉昕衣領，將吐出大口池水的他拉了上來。
「喲，冬泳的感覺如何？」
見到後輩和護衛目標相安無事，政凱著實鬆了口氣。
先行爬上池邊的索菲亞，同樣渾身濕透，衣服隨便一擰就能擠出水。
「很好，接下來就是護送公主到安全的地方，然後新人你就可以開始思考怎麼寫檢討報告了。」
臉上依舊掛著笑容的政凱，寬大的手掌往嘉昕後腦杓狠狠巴下去。
「欸欸欸！我這算是立了大功一件吧？」
「你不曉得子晴剛才有多火大，都運氣好撿回一條命了，寫點報告什麼的輕鬆輕鬆啦。」
歡愉的空氣沒持續多久，就被突如其來的槍聲給打破。
「找到公主了，在那邊！」
數名翻越圍牆的星之使徒，在夜色中對公主進行射擊。
「該死、居然還有埋伏嗎？往大門的方向跑！」
政凱立刻用身體掩護索菲亞，肩膀因此挨了一槍。
「政凱哥！」
「別停下腳步！視線不良的情況下，這個距離他們射不準的！」
話才剛說完，政凱的右腿又被流彈打中，整個人趴倒在地。

這次不僅嘉昕，就連索菲亞也回頭查看他的傷勢。

「笨蛋，不要管我！」

晦暗的夜色裡，一輛黑色跑車疾駛而來，撞翻泳池邊的露天座椅，在地面拖出長長的煞車線，甩尾停在三人面前。

駕駛座上的夏子晴，探出車窗開槍掩護的同時，對嘉昕等人呼喊：

「沒時間解釋了，快上車！」

子晴駕駛的車輛超速狂飆，試圖擺脫敵人的追擊，緊跟在後的黑色自小客車更加無所顧忌，數度開上人行道。

兩台黑色的車，在深夜的大街上演飛車追逐的戲碼。

坐在後座的顏雨詩，脫去沾滿血跡且滿是煙燻味的制服，露出底下便於活動的黑色緊身上衣，讓駕駛忍不住分心。

隨著雙方車距拉近，一名星之使徒探出車外，以衝鋒槍進行射擊，此舉立刻引來雨詩的喝斥。

「笨蛋！不許射擊！公主要捉活的！」

「但是這跟先前說的……」

「計畫有變，你有什麼意見嗎？」

「不、沒有！」

不敢忤逆雨詩的星之使徒，應諾後轉而瞄準車輛的後輪。

車內的眾人雖然感到困惑，但是這種事也不是第一次了。
雨詩注意到坐在身旁的男子，腰間配有一把墨色的開山刀，於是禮貌地詢問道：
「你的刀？」
「是的，有什麼問題嗎？」
「太好了，借我玩一下吧。」
於此同時，前方的跑車裡頭，狂踩油門的子晴，督了一眼後照鏡的情形，焦急地大聲問道：
「政凱，接下來怎麼走⁉」
「右轉右轉、前面這個十字路口右轉！」
政凱憑藉手裡的市區圖，以及自己對這一帶的模糊記憶修正方向。
他們計畫前往警政署求援，那棟歷史悠久的建築，肯定幾十年來都在老地方沒有變過。
子晴配合油門打轉方向盤，車身猛然過彎，路面磨出一條長長的胎痕。
後座的嘉昕和索菲亞，因為這記甩尾摔下座位，女上男下疊在一起。
可以的話，嘉昕很想叫子晴冷靜下來好好開車，但是她平常就沒怎麼在看號誌了，這種情況更不可能乖乖交通規則。
再次傳來的槍響，讓剛爬起來的索菲亞再次低頭，忍無可忍的政凱，把手伸出車外，對後方的自小客車開槍還擊。
子彈穿過擋風玻璃，擊斃前座負責射擊的星之使徒，同時政凱的子彈也耗盡了。
「這樣總該安份點了吧。」

下一秒，對方直接加速撞了上來，後方玻璃產生大片龜裂。

「會不會太固執了，那群人這次是怎樣啦，死不罷休耶！」

自小客車減速後退，原以為要準備進行下一次衝撞，結果就這麼維持行車距離跟在後頭。

大夥放鬆戒心的瞬間，一把刀子突然貫穿車頂，刺中子晴的後背。

「想念我嗎？」

顏雨詩的聲音從上方傳來，讓眾人大吃一驚。

「居然攀在高速行駛的車輛上，這女人不要命了！」

子晴痛得眯起眼睛，左右移動意圖把雨詩甩下來，但是對方緊握刀把藉以固定姿勢。

「剛來就要趕我走，你們對老朋友也太無情了點。」

「閉嘴，還不快給我滾下來！」

政凱抽出子晴腰後的手槍，瞄準頭頂大致的位置開火。

「呀啊啊——！」

伴隨索菲亞的尖叫，後方的擋風玻璃受到衝擊碎裂，表示槍擊並未命中。

雨詩把某個東西扔了進來，以為是某種爆裂物的嘉昕，做好了告別人生的心理準備，結果那東西忽然噴發出大量煙霧。

「不好意思，手榴彈用完了。」

趁著混亂之際，雨詩輕輕一躍，返回接應的車輛引擎蓋上。

充斥車內的煙霧，遮蔽前方視線，政凱趕緊指示道：

「你們兩個，把那東西扔出去！」
「我正在努力——好痛！」
「對、對不起！」
手忙腳亂的嘉昕與索菲亞，互相撞到彼此的頭，好不容易找到煙霧彈，又忘記把窗戶打開，扔出去又彈了回來。
「子晴，妳也別一直踩油門，快點減速啊！」
「警政署就在前面了，放心交給我。」
看不見也無所謂，只要撞到柵欄後馬上煞車就可以了。
按了幾下喇叭吸引前方注意，子晴將油門直接催到底。
「抓緊了！」
撞斷柵欄的瞬間，破洞的輪胎徹底漏氣，整輛車子失控打滑。
嘉昕趕緊護住索菲亞，經歷一陣天旋地轉，車輛終於停了下來。
子晴把門踹開，大量的煙霧宣洩而出，眾人紛紛遮掩口鼻下車。
「咳咳、大家沒事吧？」
「除了我身上這兩槍外，沒什麼大礙。」
表情難受的政凱，一跛一跛差點跌倒，幸好子晴趕緊上前攙扶。
「星之使徒呢？」
嘉昕趕緊回頭確認，剛才那輛自小客車撞上警政署圍牆，除了副駕駛座的屍體，車裡沒有半個人影。

「看樣子是夾著尾巴逃回去了。」

引發這麼大的騷動，自然聚集許多圍觀的民眾與相關人員。

認定是時候準備退場的政凱，對模樣十分狼狽的索菲亞說道：

「殿下，我們就送您到這裡了，請您向稍後抵達的員警尋求協助，那群壞人不會再出現了。」

「好的，非常謝謝你們。」

索菲亞兩手交疊放在腰前，彎腰鞠躬致謝。

她不明白為何會遭到追殺，更不清楚眼前三人的來歷，只知道他們捨命保護了自己，特別是眼前這位勇敢的少年。

「可以的話，我想在正式場合表揚諸位的英勇。」

「抱歉，這個可能不太方便。」

如果不是無法久待的未來人，嘉昕真的很想接受索菲亞的提議，而且她還是歐洲皇室，搞不好會有授勳儀式。

「那真的是太遺憾了……」

看著對方失望的表情，嘉昕想起索菲亞在飯店酒吧，抱住自己加油打氣時的景象。

身體彷彿殘留著那柔軟溫暖的觸感，讓他忍不住臉紅害臊。

「嘉昕，準備回去了，你在那邊傻笑個什麼勁？」

「抱歉抱歉、再會啦，公主殿下。」

嘉昕追上子晴的腳步，同時思考使用再會這個詞，似乎不是很恰當。

索菲亞穿過煙霧追了過去，三人的身影卻早已消失無蹤。

數十年以後，在索菲亞女王回憶錄中，曾多次提及這個緊張刺激，令人難以忘懷的夜晚。

第五章　笨拙的她

返回現代後過了三天時間，這段期間嘉昕感冒臥病在床，陪伴他的只有佩可和整整六季的美劇。

他不清楚是因為掉進冬天的游泳池受寒，還是逛夜市的時候被人群所傳染的，事到如今再去深究也毫無意義。

病情好轉很多的嘉昕，雖然有些睏意，仍堅持打開客廳桌上的筆電，書寫有關任務的檢討報告。

「段考快到了，得趕快搞定這個才行。」

他這三天沒怎麼離開沙發，重複著小睡、追劇、寫報告的規律作息。

作響兩秒的手機鈴聲，提醒嘉昕一天的結束。

「哦？居然已經這個時間啦。」

嘉昕從沙發起身，伸展久未活動的筋骨前去開門。

站在門口的夏子晴，手裡提著公事包和兩個塑膠袋。

「來，你的肉圓跟運動飲料。」

「哦哦哦，謝啦。」

因為電鈴壞了，所以兩人約定到對方家門口時，讓手機響一聲就掛斷。

嘉昕替子晴開門，接過提袋拿出運動飲料，大口大口灌了起來。

由於嘉昕連續三天沒去管理局，今天早上子晴私訊嘉昕詢問狀況，得知他感冒在家休息，便詢問要不要下班後幫忙帶些什麼東西回去。

養病期間嘉昕一直心繫小吃，因此點了一份巷口的肉圓。

他打開滿是水蒸氣的塑膠蓋，香氣四溢的肉圓勾起滿滿食慾。

甜醬、醬油膏與蒜頭醬，三種顏色的醬料在嘉昕的吩咐下，於紙碗內平均分成三等份，宛如一幅三分天下的地圖。

嘉昕拿起筷子，將三種醬料攪拌混合，戳破肉圓使其流進去。

此舉全被子晴看在眼裡，她露出敬而遠之的表情說道：

「我無法理解你這種噁心的吃法，但我會試圖表示尊重。」

「喂喂、噁心兩個字都說出口了，是有哪裡在尊重嗎？」

嘉昕大病初癒，食慾相當旺盛，不消片刻就把肉圓吃個精光。

獲得餵食許可的子晴，蹲在盛滿的飼料碗前看佩可進食。

注意到客廳矮桌旁的垃圾桶，子晴站起來走了過去，裡面果然如她猜想的，全是泡麵碗和漢堡包裝紙，於是悶悶不樂地蹙眉。

「嘉昕，你有好好吃飯嗎？」

「當然有吃。」

「我指的不是垃圾食物。」

「什麼垃圾食物，別小看漢堡，構成漢堡的食材，拆開來就是營養均衡的一餐。」

子晴伸出手掌貼在嘉昕額頭，另一手放在自己額前。
「能胡言亂語，看樣子燒已經退了。」
突然被這麼一摸，嘉昕頓時覺得體溫上升，變得頭昏腦脹。
「莉莉她們很擔心你，病好了記得要來。」
拎起自己的公事包，子晴熟練地推開卡住的紗窗，離開返回自己的屋子。
「我應該不會傳染給子晴姐吧……」
睡意全消的嘉昕，喝了一口飲料降溫，繼續埋頭書寫報告。

隔天，近乎痊癒的嘉昕，早上去了趟學校，中午才前往管理局。
剛走出電梯，他就隔著玻璃門見到熟悉的景象。中午休息時間，政凱靠在櫃台和莉莉聊天。
兩人看見嘉昕的出現，分別打了聲招呼：
「新人，氣色不錯喔。」
「嘉昕，你感冒好點了沒有？」
嘉昕很快就注意到，這幅尋常景象裡的不自然之處，吃驚地問了一句：
「等一下，政凱哥你不是中槍了？」
「當天就完動完手術啦，幸好沒有傷到動脈。」
「就算沒傷到動脈，正常人被槍打中不用住院嗎？」
某健身房老闆遭槍擊都住院了一週，政凱卻一副沒事的模樣來上班。

「有住院啊，除了手術退麻醉後很痛以外，觀察一晚一切正常，醫生就准我出院了，不過他有警告我，下次回診檢查前，千萬不可以做劇烈運動。」

挨了兩槍，卻比感冒臥床的人恢復得更快，簡直像子彈比病菌還弱一樣。

嘉昕在心裡肅然起敬，只能說不愧是空難倖存者，幸運值點滿的男人。

「喲，嘉昕，聽說你一回來就感冒了。」

正好從辦公室出來的局長趙磊，聽見嘉昕的聲音，於是走過來看看。

「現在已經痊癒了，感謝關心。」

「那真是太好了。對了，楊博士今天去參加學術研討會不在，我替他幫你上課吧。」

此話一出，莉莉馬上擺出一副訝異的神情。

「欸欸欸，局長您今天不用鑽研咖啡職人之道嗎？」

「再怎麼忙，都得關心一下實習生的狀況嘛。」

趙磊毫不反駁上班時間研究咖啡經這件事。

雖說距離星之使徒行動才過沒幾天，但是畢竟趙磊人不在現場，事件的詳細報告都是交由政凱和子晴撰寫，他只負責統整上交。

「來吧嘉昕，用之前那間會客室就行了。」

趙磊領著嘉昕進到會客室，裡頭的燈已經打開，還帶有一股濃濃的咖啡香，可見他早就完成了每日的咖啡課題。

「來來來，新鮮現磨現泡。」

嘉昕才剛坐下，趙磊就從茶水間端了兩杯咖啡出來。

「謝謝局長。」

他其實沒有那麼喜歡咖啡，尤其在沒開空調的正中午喝熱飲，但是又不好意思拒絕趙磊的好意，勉強端起來喝了一口。

「喝得出來嗎？今天的豆子很不一樣喔。」

「有點酸酸的。」

趙磊同樣端起咖啡，但他並未馬上品嚐，而是閉起眼睛聞嗅香味，最後才送入口中，充分體現了對咖啡的講究。

唯一美中不足的地方，在於用的是馬克杯而不是咖啡杯。

「嗯～這獨特的香氣和風味，不愧是阿拉比卡豆。」

露出滿足表情的趙磊放下杯子，閒談似的對嘉昕問道：

「怎麼樣，在這邊待的還習慣嗎？」

「大家都很好相處，不懂的地方都會親切指導我。」

「包括子晴在內？」

「……是的，包括子晴姐在內。」

「嗯，那就好。」

嘉昕能夠理解趙磊的隱憂，畢竟子晴一開始誤把自己當成未來人，態度確實是惡劣了點。

趙磊這邊則是先前查看資料時，注意到住址的部份有點眼熟，確認後驚覺嘉昕就住在子晴家隔壁。

因為擔心子晴會騷擾嘉昕，趙磊還特地找子晴約談，要她多關照嘉昕，不許找人家麻煩。

「第一次的跳躍體驗感覺如何？聽說你們這次吃了不少苦頭。」

比起書面的報告，趙磊更想親耳聽聞當事人的感想。

「怎麼說呢，總之就是未曾有過的體驗吧。」

上禮拜的這個時候，他還只是被捲入挾持事件的大學生。

不到一週的時間，就成為了特務實習生，還在不同時代分別遇上跨時空犯罪集團兩次。

無論時空跳躍還是被恐怖份子追殺，都是正常人一輩子不會擁有的經驗。

特別是明明經歷了一場大冒險，返回現代卻發現時間竟然只過了三個小時，讓他倍感震驚。

「局長，星之使徒的目的到底是什麼？未來人的犯罪又為什麼不是由未來人負責？」

隨著對這一行的了解加深，嘉昕也就產生更多的疑問。

「怎麼了這麼突然，你該不會真的想上課吧，跟大叔閒聊騙實習時數不也挺好的嗎？哈哈哈、開玩笑的。」

趙磊左手輕撫下巴的鬍子，思考該怎麼回答這個問題。

「時空跳躍作為我國的機密研究，這項技術僅有不到六年的歷史。據說在實驗階段，研究團隊就多次觀測到，還有其他人在進行時間跳躍的跡象。」

「隨著研究人員持續追蹤，發現有一群人不斷回到過去，進行暗殺或破壞活動，進而對未來造成了一定程度的影響。」

「我舉個例子，你聽過貓王這號人物嗎？」

嘉昕循著記憶點頭，曾經風靡全世界的搖滾樂大王，就算不想知道也難。

「印象中是一位七零年代的知名歌手，我爸還有收藏他的再版專輯。」

「沒錯，我們都知道，貓王一九七七年於自家浴室逝世，推測死因是心臟病或藥物濫用。然而一名進行過時空跳躍的研究員，某天看見有關貓王的報導時，卻表示貓王死亡的日期有誤，說他至少提早了一年死亡。」

「那名研究員是貓王的忠實粉絲，堅持自己不可能記錯，因此又詢問了當時一同參與跳躍實驗的研究員，他們紛紛表示，貓王的確是死於一九七八年，並且擁有貓王在該年出席各項活動的相關記憶。」

「因此我們可以這麼假設，貓王原本可以活到四十三歲，因為歷史遭到改寫，平行宇宙的時間線收束下，最終影響了關於貓王死亡的部份歷史，碰巧這群參與跳躍實驗的研究人員，保留了原先的記憶。」

「原來如此，但是這跟星之使徒有什麼關聯？」

「沒有半點關聯，只是想讓你知道，我們和那群人打交道的過程。」

趙磊端起馬克杯喝了一口咖啡，品味其中的酸澀，悲傷的表情彷彿憶起了過去的種種。

「起初研究團隊嘗試和這群未來人交涉，但是對方從一開始就擺出敵對姿態，殺害了許多我方人員。」

「為保護研究人員的安全，同時遏止這種影響歷史的行為，ＴＳＡＢ就此成立，我在四年前接棒，擔任第二任局長。」

「我們曾經逮到他們之中的一名成員，雖然不久後便遭到同伴狙殺，但是在那之前問出了不少情報。」

「那個在各個時代進行跳躍的神秘組織，稱呼他們的領袖為『星星』，並自稱為星之使徒。」

「組織不問身份地位，透過各式各樣的管道，以威逼利誘的方式吸收大量人才。內部有數名幹部，但是星星的指示主要透過顏雨詩下達，各種行動也是由她親自帶領。」

「這些星之使徒並不清楚組織的目的，更沒見過領袖的面容，僅僅只是聽命行事的棋子。」

「他們出現的時代和鎖定的目標對象一向雜亂無章，八十幾起案件毫無關聯可言，因此直到今天，我們依然無法得知那群人的目的為何。」

嘉昕想起顏雨詩在美術館時的作為，比起破壞藝術品或製造社會恐慌，更像是純粹來找樂子的愉悅犯。

「至於第二個問題，為何未來的人們不處理這個組織，把爛攤子留給過去的人收拾，目前推測的理由有兩個。」

趙磊拿起擺在桌上會客用的糖果，手指壓著包裝紙貼在桌面移動，在馬克杯和糖果盤之間繞行。

「第一，他們運用某種方法，長期避過政府或其他能進行時空跳躍的組織眼線。」

「至於第二個嘛……」

趙磊的表情蒙上一層陰影，語氣緩慢而沉重的回答：

「就是未來已經沒有人能阻止他們了。」

當晚，嘉昕回去以後，一直在思考白天的話題。

雖然趙磊說還有很多種可能性，笑著要他別太在意，但就如同看完恐怖片的後遺症一樣，腦袋無法不去在意這件事。

莉莉說過星之使徒所在的組織，有可能是在未來幾年成立的，現在在世界的某處，或許就有著孕育邪惡的溫床。

懷抱不安入睡的嘉昕，夢裡出現了顏雨詩的身影。

帶著瘋狂笑容的顏雨詩跨坐在腰上，手持水果刀對自己腹部一陣猛刺。

驚醒過來的嘉昕，發現佩可在腹部窩成一團，露出來的肚皮還留有淺淺的抓痕。

設定好的鬧鐘還沒有響，但是天色已經很亮了。

因為嚇出一身冷汗，所以他決定先去沖個澡。

神清氣爽的嘉昕，穿好衣服後坐上馬桶，決定把昨天那些無關緊要的煩惱，連同人體排泄物一起沖進下水道。

「嗯嗯，大便很順嘛，看樣子今天也會很順。」

對著自己的便便進行毫無根據的占卜後，嘉昕按下沖水鍵，通體舒暢的離開廁所。

出現在門外的，是鄰居兼同事的夏子晴小姐。

一臉尷尬的她，視線左右游移，紅著臉乾咳兩聲說道：

「咳咳、觀察排泄物是很好的習慣，歐洲人也會這麼做。」

「不，不需要硬掰場面話沒有關係。」

便便占卜被人聽見的嘉昕，整個人羞恥到了極點，他很想立刻躲回家裡，從此閉門不出。

無奈他已經在自己家裡了，根本無處可躲。

對於有外人進到屋裡，卻沒做出任何警告這點，嘉昕瞪了一眼佩可表示責難，坐在角落用餐席的貓皇帝，用手推了一下飼料碗，擺出一副隨便怎麼樣都好啦，人類還不快點餵我吃飯的表情。

同樣感到不好意思的子晴，對自己擅自進門的行為道歉：

「抱歉，因為打了幾次手機都沒人應門，我就想進來確認你是不是出門了。」

嘉昕這才想起來，先前借給子晴的鑰匙還沒要回來，對方似乎也想起這件事，因此把鑰匙放到了客廳桌上。

「子晴姐這麼早來找我有什麼事嗎？」

「我想說你今早沒有課，想載你一起過去。」

子晴先前向嘉昕要了一份每週的課表，就是為了能在固定日子載他前往管理局。

「我有時候會有事情要處理，要是耽誤到妳的時間就不好了，真的不用這麼麻煩啦。」

「不需要跟我客氣，既然可以搭便車，就沒必要支出無謂的交通費。」

嘉昕很感謝子晴替他的荷包操心，但是如果不是必要的場合，他想減少『搭乘子晴便車』這種會折壽的事情。

「你今天有什麼事要忙嗎？」

對方都特地找上門了，嘉昕也的確打算過去，要是在這裡拒絕的話，稍後在局裡碰面的時候會很尷尬。

「不，今天沒有……那就拜託妳了，我買個早餐就去車子那找妳。」

找不到理由拒絕的嘉昕，無可奈何答應了令人惶恐的便車邀請。

坐在副駕駛座的嘉昕，一次又一次確認安全帶有沒有繫好。

算上二十年前那次，這已經是他四度搭乘子晴的車了。

之前因為彼此關係還很惡劣，不敢出聲責備，這次他決定要沿途糾正子晴的不良駕駛行為。

看見她停在機車專用道等紅燈，正想開口的嘉昕，馬上又縮了起來。

子晴姐死緊著方向盤，一副殺氣騰騰的模樣。

嘉昕現在還是無法確定，這到底是她全神貫注在開車的表情，還是因為無法理解路上的交通號誌。

「那個，子晴姐。」

「怎麼了？」

「你的駕照是什麼時候考的？」

因為直接問怎麼考到駕照的很不禮貌，所以嘉昕拐了個彎。

「今年五月。」

嘉昕記得這輛車剛買三個月，也就是說子晴一考到駕照，立刻就買車上路，道路經驗只有短短四個月。

「原來如此，你想學開車是嗎？」

「子晴姐、看前面看前面！」

子晴在起步的瞬間轉頭，讓嘉昕捏了一把冷汗。

「妳怎麼會覺得我想考駕照。」

不曉得產生誤會什麼的子晴，趁著沒車轉動方向盤紅燈右轉。

「駕照很好考，趁著大學時間充裕，儘早考一考不是什麼壞事。」

連把車停在斑馬線上的人都考得到了，可見這年頭駕照真的不難考。

「想學開車的話，我可以教你。」

「蛤？」

嘉昕發出驚訝的聲音，內心忍不住吐槽，為什麼這個人會有能教人開車的自信。

「怎麼，有什麼不妥嗎？」

子晴只是普通的詢問，但是因為她開車的表情過於嚴肅，感覺就像在質問一樣，讓嘉昕唯唯諾諾的表示贊成。

「最、最近比較忙碌，等放寒假的時候再說吧。」

結束一如往常的糟糕乘坐體驗，車輛停靠在管理局對面，因為子晴沒有要下車的意思，嘉昕關門前不經意問道：

「子晴姐今天也要去國際刑事組？」

「嗯，有什麼事嗎？」

「沒有，路上小心。」

子晴微微一笑，開著車子揚長而去。

嘉昕覺得她真的很拚，每天都在積極追查星之使徒的線索，相較之下另一名特務就顯得無所事事，昨天早上還發來限量球鞋的商品連結，問哪一雙款式比較好看。

日子一天天過去，嘉昕努力兼顧大學和實習兩邊，過著忙碌而充實的生活。

不時搭乘子晴車上下班的嘉昕，為了自身的安危著想，空閒時間研讀起道路交通安全規則，真的浮現考駕照的念頭。

眼看段考即將到來，某個星期六的下午，嘉昕來到管理局複習考試範圍。

然而假日的午後格外清閒，在大廳閒聊的二人組，使得嘉昕完全沒辦法靜下心來讀書。

「莉莉，妳知道道耳吞原子說了什麼嗎？」

莉莉視線緊盯購物網站畫面，滿不在乎的回應：

「嗯？說了什麼？」

「我還有點餓。」

「爛死了。」

爛到極點的冷笑話，讓她不得不面向政凱吐槽。

「我覺得很好笑耶，還準備列入今年尾牙的笑話集裡。」

「你那本冷笑話集可以整本丟了，還有現在才幾月你就在想尾牙的事。」

「那些好的餐廳幾個月前就要事先預訂了啦，也得讓新人有時間準備才藝表演。」

在旁邊翻筆記的嘉昕，因為被點名而停下動作。

「咦？我也要嗎？」

「就算還沒通過考核，也終究是我們的一份子，尾牙當然少不了你。」
「如果我最後決定不留下，是不是就可以白吃一頓尾牙了？」
「哼哼，知道政府這麼多秘密後，你覺得自己還逃得掉嗎？」
「政凱，別嚇他了啦。」
「我並沒有被嚇到，順便問一下作為參考，子晴姐去年表演了什麼？」
面面相覷的兩人一臉尷尬，不曉得該怎麼回答這個問題。
「該怎麼說才好呢……」
「新人，偷偷跟你說，子晴她去年喝醉酒，發了一整晚的酒瘋。」
「發酒瘋？子晴姐？」
「想像不到吧，個性死板的子晴，酒品爛得跟什麼一樣，喝醉後見人就灌酒，害局長那天回去吐個半死。」
嘉昕無法想像子晴發酒瘋的畫面，倒是能想像趙磊喝醉嘔吐的模樣。
「那前年呢，前年她表演了什麼？」
「前年子晴沒有參加尾牙。」
「為什麼？」
垂下眼簾的莉莉，語帶無奈回答：
「別看子晴現在跟每個人都處得很好，她剛來這裡的時候，散發著一股生人勿近的氛圍，跟大家都很疏遠，完全不與人交流。」

嘉昕覺得這段話就是在形容現在的子晴，但是既然莉莉認為有所區別，就表示過去的她更讓人難以親近。

「你們兩個，假日跑來這裡幹嘛？」

說著說著本人就登場了，嚇得嘉昕心虛的別開眼神。

「我因為不能運動太無聊，所以來找莉莉聊天。」

「我、我是來唸書兼賺實習時數的。」

進到管理局的子晴，一看見嘉昕就忍不住叨唸：

「出門的時候紗門記得關好，否則佩可會跑出去。」

「抱歉……」

因為那扇紗門最近又更難推了，所以嘉昕刻意保留一個小縫隙，方便從手伸進去從底部拉開。

「子晴妳今天沒值班吧，怎麼會過來？」

「我有文件要給局長蓋章。」

「但是局長今天休假耶。」

「我知道，因為有時效性，所以我剛才已經去電請示過他了，局長要我跟妳拿磁卡，自行進去蓋章。」

莉莉看了一眼手機確認訊息，趙磊真的有發訊息過來。

她從抽屜拿出磁卡交給子晴，嘉昕記得他去五樓也是用那張卡，估計是這幾層樓的萬用磁卡。

子晴蓋完章後，將磁卡還給莉莉，和三人道別離開了管理局。

注視闔上許久的電梯門，莉莉肩膀微垮，輕聲嘆了口氣。

「週六也這麼拼命工作，真希望那孩子能懂得放鬆一點。」

「這沒辦法，大概是受到最近那個傳聞的影響。」

「噓，嘉昕還在這裡，這話題不能說啦。」

莉莉鼓起腮幫子，手指掐捏政凱的手臂。

「是跟我有關的話題嗎？」

越是不能聽的事情，反而越有吸引力。

「有什麼關係，至少這對新人來說是件好事。」

輕撫被捏的部位，政凱硬是把話說了下去：

「因為ＴＳＡＢ自從成立以來，一直無法達到預期成果，加上擁有跳躍適性的人才難尋，上層不希望人員方面再有折損，據說往後打算專注在時空研究這一塊，不再繼續追捕星之使徒。跟你有關的部份，就是時空特務薪資裡面的風險津貼會被砍掉啦。」

嘉昕不會為了津貼遭砍這點小事萌生退意，他擔心的是和這件事有直接關係的人。

「但是這樣的話，子晴姐不就……」

為了替陷入昏迷的妹妹伸張正義，如果今後ＴＳＡＢ不再繼續追捕星之使徒，夏子晴就失去了留在這裡的目的。

「這種事情也只能逆來順受，如果子晴因此離職，我個人也表示贊成啦。畢竟她的跳躍適性不像我那麼優秀，每次看到她難受的模樣我也於心不忍。」

體質特殊的嘉昕沒有副作用，所以無法感受一般人的痛苦。

據說許多優秀的前輩都被勸退了，子晴卻依然留到了最後，可見除了適性以外，她的內心也有一定程度的執著。

「行了行了，這種假設性的話題到此為止，你們要是再繼續聊，下次零食櫃裡面就會塞滿健康食品。」

一間公司裡，掌控零食櫃的人擁有絕對的話語權，因此兩人識相地閉嘴。

突然想到什麼的政凱，笑著打開新的話題。

「新人，聽說子晴住在你家隔壁，是真的還假的啊？」

「……對啊，我一開始也蠻震驚的。」

反正遲早會傳出去，嘉昕也沒打算隱瞞，但是他說什麼也不會提及，關於日常生活遭子晴強制整肅的部份。

政凱從莉莉的辦公桌隔板轉移到的嘉昕那邊，露出好事者的壞笑問道：

「這樣子跟住在同個屋簷下差不多嘛，你們兩個有沒有發生什麼臉紅心跳的事件？」

「共用同一片牆壁算不算，抱歉辜負了你的期待，並沒有發生那種小說一般的情節。」

如果對著馬桶自言自語被聽到也算的話，那確實是有發生過。

「你這個人真的很無聊耶，人家要考試了不要打擾他啦。」

「不，其實我唸得差不多，準備要回去了。」

在這邊待了三個小時，結果根本沒唸多少進去，嘉昕不好意思說是因為兩人一直在聊天的緣故。

至少他這下明白了，來管理局念書是個錯誤決定。
嘉昕剛離開大樓，就看見子晴的車子停在路邊，因為滿是凹痕和刮傷，所以他不可能認錯。
走過去就發現，駕駛人正坐在裡頭睡覺。
嘉昕雖然不想打擾一臉疲憊的子晴，卻不得不輕拍玻璃，對著裡頭的睡美人喊道：
「子晴姐、子晴姐快醒醒，這邊不能停車，會被開單的啦！」
子晴一睜開眼便眉頭緊皺，見到窗外的嘉昕臉龐，表情才鬆懈下來，看了一眼手錶降下車窗。
「這麼快，我以為你會再讀久一點。」
「莫非子晴姐你在等我？」
「沒錯，你現在有空嗎？陪我去一趟超市。」

週末加上傍晚時段，超市湧現不少採購的人潮。
兩人一進到超市，子晴就直接殺向肉品區，在滿是婆婆媽媽的激戰時段成功殺出一條血路，帶著剛貼上六折標籤的戰利品歸來。
接著便在生鮮蔬果區慢慢選購，將一樣又一樣的蔬菜放進嘉昕的籃子內。
看著正在仔細挑揀馬鈴薯外觀的子晴，嘉昕想起下午有關上層將改變方針的話題。
若是謠言屬實，無法再繼續追捕星之使徒，子晴會就此離開嗎？
不安的心情在嘉昕胸口持續擴大，他無法想像沒有子晴的ＴＳＡＢ，如果不是同事，兩人或許就不會像現在這樣密切往來了。

「嘉昕，你喜歡吃辣嗎？」

從思考中回神的嘉昕，注意到子晴手裡拿著一罐寫著激辣的辣椒醬，似乎在考慮要不要買。

「不討厭，但我平常不怎麼吃辣，請把那罐危險的東西放回架上。」

「是嗎，那就算了。」

剛才的問題，以及不知不覺中快滿出來的提籃，不像是獨居女性一週能夠吃完的份量，因此嘉昕好奇地詢問：

「子晴姐，妳該不會打算要做菜給我吃吧？」

「反正你也只會吃些垃圾食物，考試前可不能生病。」

沒有否認的子晴，又扔了把青蔥到提籃裡。

在超市逛了一輪，結束採購的兩人返回住所，嘉昕把東西放在子晴家門口準備走人，結果被對方給叫住。

「直接拿進來就可以了。」

「可以進去嗎？」

「還是你要先回去等，做好了我再叫你。」

「不好意思，那我就打擾了。」

他很想看看子晴家長什麼樣子，讓佩可餓一下當減肥也不錯。

嘉昕剛進門，子晴就遞給他一雙毛茸茸的倉鼠拖鞋。

推開順暢無比的紗門，隨著室內燈亮起，溫暖舒適的居家環境讓嘉昕目一新，與自己租屋處簡陋的裝潢不同，這邊各式傢具應有盡有，看得出已經住了很久。

明明建在同一層樓，子晴家的坪數明顯大上不少，而且還有附設廚房跟餐廳，格局完全不同。

「廁所在那邊，電視可以打開沒關係。」

子晴簡單交代完，就提兩袋食材走進廚房，放嘉昕一個人在客廳。

畢竟是第一次到別人家裡，嘉昕覺得還是拘謹點來得好，於是把書拿出來繼續複習考試進度。

雖然少了聊天干擾，但是廚房裡不自然的切菜聲，同樣頻頻吸引嘉昕的注意，讓他偶爾會往廚房的方向看去。

兒時的事情已經記不清楚了，但嘉昕住在母親家的那一年，廚房裡做菜的聲音令他記憶猶新。

菜刀落在砧板，規律平穩的切菜聲，肉餅躺在火候恰到好處的鍋子，發出啪滋啪滋的美妙聲響。

然而現在廚房裡傳出來的並非天籟，而是詭異驚悚的重低音。

嘉昕記得沒有他們買什麼需要刻意剁碎的食材，卻不斷傳來菜刀使勁劈剁的聲響。

同樣是煎東西的啪滋聲響，卻有一股濃烈的燒焦味。

嘉昕藉故上廁所經過廚房，想查看裡頭的狀況，只見穿著圍裙的子晴，擺出開車時的肅穆表情，用鍋鏟翻動微微冒煙的黑色物體。

眼角餘光注意到嘉昕的子晴，語氣柔和的說道：

「再等一下就可以開動了。」

「欲速則不達，您慢慢來沒關係。」

隨著一道道料理完成上桌，嘉昕的擔憂成真了。

擺在餐桌上的菜肴只能用驚異形容，他明明認得這些家常菜的名稱，卻因為奇形怪狀的模樣和擺盤，完全沒能勾起食欲。

解開圍裙的子晴，捧著兩人份的碗筷在嘉昕對面坐下。

她替神色異常的嘉昕添了一大碗飯，嘴角浮現一絲輕笑。

「儘量吃吧，我對今天的料理還蠻有自信的。」

「嘿欸——」

嘉昕發出驚訝的聲音，內心忍不住吐槽，為什麼這個人能對眼前的慘狀充滿自信。

說不定只是賣相糟糕，味道才是重點。

帶著這種樂觀的想法，嘉昕拿起筷子，夾起桌上一塊焦黑的雞蛋料理。

拉近距離一看，才發現是菜脯蛋。

除了本身就煎得微焦，表面還沾有焦黑的物質，他猜測是前幾道料理煎完之後沒有洗鍋子，直接把蛋淋上去造成的。

在子晴自信的眼神注視下，嘉昕鼓起勇氣咬了一口，味道沒有想像中糟糕，但是他覺得焦黑的部份吃進肚子裡很不健康。

「……這個菜脯蛋，煎得好像有一點焦。」

「嗯，網路上的食譜寫說用小火煎三分鐘，於是我就用大火煎了一分鐘。」

縱使嘉昕是不懂烹飪的外行人，也聽得出來小火三分鐘的意思，並不是指大火一分鐘。

既黑色菜脯蛋後，他將筷子伸向不容易出差錯的高麗菜，結果筷子都舉得半天高了，菜葉依然沒能成功夾起來。

「子晴姐，這個菜葉是不是有點長？」

「咬斷不就結了。」

接下來的蠔油香菇雞跟炒胡蘿蔔也一樣，不是調味過重，就是切得太大塊影響口感。難吃這種傷人的話，嘉昕自然是說不出口的。

凡事都得婉轉的表達。才不會傷到料理者的心。

「子晴姐平常是不是很少做飯？」

「嗯，因為假日待在家也不曉得要做什麼，所以只有週末會上網找食譜做料理。」

見嘉昕動筷子的頻率減少了，子晴眉頭一皺，面有難色地問道：

「……不好吃嗎？」

嘉昕急忙搖手澄清，繼續動筷夾菜。

「賣相是差了點，但是每樣菜都很下飯。」

如果不持續吃飯，實在令人難以下嚥。

放下心中大石頭的子晴，帶著和悅的神情繼續用餐。

嘉昕看著這樣的子晴，頓時覺得飯變得好吃了起來。

一起買菜一起吃飯，有一瞬間，嘉昕產生了兩人是新婚夫妻的錯覺。

晚餐過後，吃免錢的嘉昕表示要留下來洗碗，卻被子晴以考生為名義趕了回去，要他抓緊時間複習。

返回租屋處的嘉昕，坐在書桌前盯著書本發愣，不曉得是不是吃太飽的緣故，血液集中在腹部，總覺得靜不下心。

此時手機響起訊息的聲音，他拿起來查看，不禁會心一笑。

『能把佩可借給我玩嗎？』

無心唸書的嘉昕，撥了通電話給子晴，對面馬上就接了起來。

「子晴姐，要不要出門走走？」

城市的燈光映射在平靜河面，猶如深邃無邊的夜空，承載璀璨的星辰。

馬路行駛而過的車輛，則是一顆顆稍縱即逝的流星。

似乎剛洗完澡的子晴，髮絲散發著淡淡的洗髮精香氣，衣服也從雪紡襯衫，換成寬鬆的短袖上衣。

嘉昕沒料到子晴會答應邀約，更不明白自己怎麼會突然想邀她出來。

沿著附近的河堤散步，不發一語的兩人，享受著這股舒適的沉默。

由遠而近的嬉鬧聲自前方傳來，一群結伴成行的學生，吸引了子晴的目光，她用緬懷的語氣說道：

「可以的話，真想再重溫一次大學生活，其實我跟嘉昕你就讀的是同一所學校呢。」

嘉昕沒想到，自己最近開始覺得累贅的事物，竟然是子晴嚮往的日常。

「這我倒是頭一次聽說，子晴姐畢業很久了嗎？」

子晴緩緩搖頭，帶著滄桑的苦笑回答：

「不，我並沒有從學校畢業，大三那年休學後，我就加入了ＴＳＡＢ。」

「就差一年了，怎麼不乾脆把大學讀完？」

「因為我無法裝作若無其事。」

她的表情抑鬱而悲傷，讓嘉昕懷疑自己是不是說錯話了。

「我們到那邊聊吧。」

兩人前方正好有一張長椅，子晴便提議坐下。

「其實……我有一個小我兩歲的妹妹，在單親家庭長大的我們，自從媽媽病逝後，一直相依為命。」

「她的個性活潑開朗，無論到哪都是人群注目的焦點，是我引以為傲的妹妹。」

她看著倒映城市夜色的河面，追憶埋藏心底的回憶。

「四年前的六月六日，那天是我妹妹的高中畢業典禮，回家途中我們被捲入一場車禍。我只受到輕傷，她卻因此陷入昏迷。」

「因為星之使徒的緣故。」

子晴猜想嘉昕早就從其他人那裡得知這件事，所以沒有特別驚訝。

「是的，星之使徒製造的那場車禍，害我妹妹直到今天都還躺在醫院。」

「從此之後，我就一直在追捕那群人，想到他們仍逍遙法外，我就無法靜下心來做任何事。」

「所以妳最近才會這麼煩躁嗎？」

子晴不解地偏頭，嘉昕進一步解釋：

「就是ＴＳＡＢ今後不會再追捕星之使徒的那個傳聞。」

「原來是指那件事，無法追捕星之使徒，或許不能說沒有影響，但是最近真正令我心煩的，是妹妹的健康狀況惡化了。」

「一開始醫生就對我說過，她的傷勢很嚴重，即便奇蹟似的甦醒過來，也得面對半身不遂的後半輩子，或許在睡夢中離世，對她來說是最好的結局也說不定。」

子晴徬徨無助的神情，令嘉昕感到胸口揪緊心痛不已，他無法想像，要懷著多麼沉痛的心情，才能說出這種話來。

「一直以來我都想替妹妹討回公道，藉此鞭策自己前進，但是心裡其實很清楚，她並不希望我這麼做。」

「想到妹妹遲早會離開自己，我就覺得一切都變得毫無意義。」

平時精明幹練、作風強悍的子晴，此刻看上去卻是那麼地嬌弱無助，如同泡影般美麗而脆弱，彷彿一伸手碰觸就會消失。

「有意義……肯定有意義的……」

不想看到子晴難過的表情，嘉昕竭盡所能的尋找話語。

「謝謝你。」

感受到嘉昕心意的子晴，露出瞭然於心的笑容，讓嘉昕怦然心動。

平時不苟言笑的人，笑起來殺傷力格外驚人。

仲秋時節的微風迎面而來，吹亂了子晴的瀏海，整理頭髮的側臉，也讓嘉昕情迷意亂。

終於注意到這份心意的青年，發現自己才是這陣子真正心情煩躁的人。

嘉昕注視前方，與子晴看著同一片景色說道：
「既然沒有目標，我就替妳找一個。」
這段的話語，讓子晴黯淡的眼眸，亮起了一絲微微的亮光。
「回學校去吧子晴姐、不，子晴學姐，把那些失去的學分通通修回來！開學過這麼久了，我都還沒決定要加入哪個社團，等我決定好了，妳就再跟我一起參加！」
嘉昕帶著傻笑，情緒高漲地這麼說道。
不僅僅是為子晴尋找目標，彷彿也在替自己描繪理想的未來藍圖。
「等等、別突然替我做決定啦。」
連珠炮似的話題，讓失笑的子晴一時接應不暇。
「可以的話，也請交個男友吧！」
繼突如其來的認真表情，嘉昕又緊張地結巴起來。
「……子、子晴姐喜歡什麼樣的男性？」
注視嘉昕滿臉通紅的模樣，子晴忽然一驚，彷彿體察到了對方蘊藏的心意。
害臊、驚訝、感謝，許許多多的情緒在子晴心中浮現，使她露出五味雜陳的表情。
然而，最為明確的情感則是歉意。
她不認為因為復仇染滿鮮血的自己，有資格牽起任何人的手。
「……我喜歡年紀比我大的男性。」
面對青年真摯的感情，她說出了虛假的謊言。

這是笨拙的她，所能給予的答覆。

「欸……這、這樣子啊，嗯嗯果然跟我想的一樣。」

如鯁在喉的話語，還沒來得及說出口，就遭到了婉拒。

「……對不起。」

突如其來的道歉，嘉昕瞪大了雙眼，心頭宛如刀割。

「我暫時還沒有想這麼多。」

「嗯……」

情緒瞬間冷卻的嘉昕，落寞地垂下肩膀。

懷著把氣氛弄僵的罪惡感，子晴就此緘默不語。

突如其來的陣雨，替這個鬱悶的夜晚劃上了句點。

雨勢一直持續到了週日。

宛如要轉移失戀的痛苦，嘉昕努力集中精神在複習考試範圍。

跳上書桌佔據視野的佩可，提醒奴才吃飯時間到了，他才會放下書本，從冰箱隨便挖東西出來吃。

陰鬱的雲朵籠罩天空，綿綿細雨隨著風勢灑落陽台。

聽見訊息聲的嘉昕立刻拿起手機，因為不是子晴發來的訊息嘆了口氣。

在那之後，兩人沒有過任何交流。

問候的訊息打了又刪、刪了又打，就是不敢按下發送鍵。

嘉昕試著打消這個念頭，將注意力重新放回書本上頭。

但是想到鬧僵的兩人，彼此間之僅相隔一面牆，室內彷彿就形成了令人窒息的低氣壓。

由於總是心不在焉，嘉昕晚餐過後早早就睡了。

秋高氣爽的週一清晨，外頭的雨勢早已停歇，柔和的陽光映照下，殘留水窪的街道閃閃發亮。

起了個大早的嘉昕，並未進行考前衝刺，而是做好出門準備後，就來到樓下發呆。

不敢直按門鈴的他，站在子晴的汽車旁邊，希望能在出門前見上對方一面，即便是閒聊兩句也好，這樣才能放心前去考試。

「我到底在幹嘛啊……」

眼看時間一分一秒流逝，再不出發就來不及了，就在嘉昕準備放棄的時候，樓下的鐵門恰巧開啟。

「嘉昕？」

面對正要出門的子晴，雙方的視線彼此相交。

嘉昕內心的雀躍，立刻被一閃而過的頭痛取代。

是的，他久違地預見了死亡的未來。

神情異常的子晴，駕駛車輛在道路狂飆，闖過一個又一個紅燈。

為閃避轉彎的貨車，高速行駛的子晴輪胎打滑，整輛車自撞安全島翻覆，最後滿臉是血的癱倒在駕駛座。

猛然回神的嘉昕，上前抓住子晴的手，嚇了她一大跳。

「子晴姐，我現在要說的話，請妳務必要聽進去。」

「怎麼了？」
「請妳千萬不要開車，僅限今天一天就好，拜託妳了！」
「……好的，我明白了。」
子晴接受了這個強人所難的要求，雖然不明白為什麼，但是她認為嘉昕會這麼說肯定有什麼理由。反正只是一天而已。
她看了一眼手錶，發現距離第一堂考試，只剩不到三分鐘的時間，於是皺眉催促道：
「嘉昕，沒時間在這邊磨蹭了，不是每個老師都會大發慈悲放遲到的學生進去。」
接著子晴像是想到什麼似的，摘下手錶遞了過去。
「你沒有戴錶的習慣吧？考試不能用手機，這個借你。」
因為嘉昕還是沒有要離開的樣子，於是她露出微笑說道：
「放心，我今天不會開車的。」
子晴提著包包往車站的方向走去，嘉昕注視她離去的背影，內心充滿了莫名的不安。
進入考場的嘉昕，心裡依舊掛念子晴的安危。
雖說她那種開車方式，何時出意外也不奇怪，但是他不明白為何偏偏是今天。
無法集中作答的嘉昕，一連幾堂考試都隨便應付交差了事。
午休時間嘉昕傳了訊息，問候子晴的狀況，對方回傳佩可討魚乾的照片，似乎沒有出什麼狀況。
除了不可避免的疾病發作以外，預知能力足以迴避絕大部份的死亡命運。
既然子晴和他約定好了今天不會開車，自撞的未來就不可能發生。

「不要緊的，我已經改變了未來。」

嘉昕對著手機這麼說，試著讓自己安心。

結束下午最後一堂考試，黃昏步出教室的嘉昕，第一件事就是打開手機確認子晴的安危，結果發現有個未知號碼，短短十分鐘連續撥給自己三次。

嘉昕懷著忐忑不安的心情回撥，對方立刻接了起來，莉莉帶著哭腔的聲音從電話另一頭傳來。

「不好了嘉昕！子晴出了車禍，剛剛才送往醫院。」

趕到醫院的嘉昕，在開刀房外遇見趙磊等人。

同事們個個神情凝重，放大了嘉昕的不安。

手術中的燈號，更讓他的思緒亂成一團。

「為什麼會這樣……為什麼會這樣！」

未來明明已經改變了，他不明白、也無法接受這個結果。

從座位起身的趙磊，對滿頭大汗的嘉昕說明：

「子晴穿越馬路的時候，遭到卡車迎面撞上。醫生說她腦溢血的狀況很嚴重，手術成功的機率不高……」

坐在椅子上的政凱，輕拍不斷啜泣的莉莉肩膀，接著補充道：

「她下午接到一通電話，接著就急忙跑了出去。我剛才向子晴妹妹住的醫院確認過了，他們稍早之前確實有發病危通知給家屬，現在妹妹已經……」

說到這裡，莉莉滿是淚痕的臉龐，再度潸然淚下。

在開刀房外頭等候的眾人，各自替子晴處境艱難的祈禱。

隨著燈號熄滅，靜止的時間再次流動。

結束手術的醫生走了出來，對在場的人們遺憾地搖頭。

「該死、怎麼會這樣！」

「子晴……嗚……」

表情糾結的政凱捶打牆壁，釋放無處宣洩的憤怒，莉莉則用雙手摀住臉龐放聲哭泣。

「子晴姐、妳不是想回去把大學唸完嗎？不是約好了要教我開車嗎？」

「嘉昕、冷靜點！」

趙磊一把架住意圖闖進開刀房的嘉昕。

情緒失控的他，淚水終於潰堤，像個孩子似的放聲大哭。

僅僅相隔一扇門，這次卻是天人永隔。

姐妹兩人在同一天離世，宛如命運的惡作劇，讓嘉昕發自內心詛咒世界上所有的神明。

子晴的親戚陸續抵達醫院，在趙磊等人的陪伴下一同進入太平間。

唯獨嘉昕坐在門外不肯進去，他不願親眼目睹子晴的死亡，不願接受突如其來的殘酷現實。

他確實改變了子晴的未來，卻沒有讓她躲過死亡的命運。

為什麼今天一整天沒有陪在她身邊，想到這點，嘉昕就懊悔不已。

看著兩人中午的對話內容，他憤怒地緊握手機，強勁的力道幾乎要將保護套擰了下來。

從裡頭露出的小紙片，吸引了嘉昕的注意。
他拉住紙片邊角，將它從手機後頭抽了出來。
那是一張兩人合照的大頭貼。
照片中的子晴表情靦腆，另一名女孩則笑得很燦爛。
嘉昕立刻就明白了，照片上的女孩是子晴的妹妹。
這隻手機則是她的遺物，所以子晴當時才會表現出在意的模樣。
看著子晴的照片，心如刀割的嘉昕離開了醫院。
悵然若失的他，一臉茫然地在夜晚的街道遊蕩。
回神的時候，人已經來到了一處河堤邊。
「啊啊啊啊啊——！」
想起前天的那個晚上，以及兩人過往的回憶，攀在護欄上的他，一次又一次放聲吼叫。
包包內的手機發出震動聲響，無心接聽的嘉昕伸手進去準備掛斷，卻摸到某個不屬於他的東西。
他握在手裡的東西，是子晴姐早上交給自己的手錶。
如果能回到那時候的話，嘉昕無論如何也不會讓她離開。
「時間……重來……」
意識到什麼的嘉昕，朝某個方向飛也似的拔腿狂奔。
晚間八點，早已熄燈的時空管理局內，嘉昕憑藉手機的光線走了進去。

莉莉等人因為急忙趕往醫院，所以沒有鎖上大門。

他打開同樣未上鎖的抽屜，找到了那張萬用磁卡。

哪怕事後會被趕出ＴＳＡＢ，或者遭到終身監禁，只要有方法能夠拯救子晴，他就會不計代價的實行。

上到五樓的嘉昕，發現燈依然亮著，讓他提高了警覺。

安靜地查看了一會才發現，這層樓並沒有值班人員，房間內的電腦只是在自動加載數據。

嘉昕記得手錶裝在一個盒子裡，於是開始四處翻箱倒櫃，孰不知進入最裡頭的房間時，早已觸動了警報。

「有了。」

他在角落的玻璃櫃裡發現嚴加保管的盒子，確定就是用來裝時光機的。

無奈上鎖的玻璃櫃需要鑰匙，嘉昕才剛離開房間，就撞見楊博士從電梯走了出來。

「嘉昕小弟？」

住在四樓的楊博士，接獲研究室的警報訊息後，第一時間前往現場查看。

「糟糕！」

嘉昕立刻折返，躲回剛才的房間內，從子晴的死訊和他的態度，楊博士推測出嘉昕來此的目的，立刻追了上去。

「嘉昕小弟！嘉昕小弟、開門！」

楊博士刷動磁卡，厚重的玻璃門因為被桌子卡住無法開啟。

事到如今也沒辦法找鑰匙了，嘉昕索性抓起一把椅子，對著玻璃櫃高高舉起。

「快點住手！嘉昕小弟！」

伴隨清脆的破裂聲響，整個玻璃櫃被砸得稀巴爛。

嘉昕取出玻璃櫃內的手提箱，驚覺發現上面還設有密碼鎖，憤怒地拍打桌面。

「……可惡、不該是這樣子的！」

明明只差一步就可以拯救子晴，他不願意就此收手打住。

長嘆了口氣的楊博士，隔著玻璃門寬慰道：

「我知道你很難過，但是即便回到過去也改變不了事實，由於時間線的收束，就算今天救下了子晴，她明天還是有可能會死。」

處於絕望之中的嘉昕，注意到地上的一支手錶，那是剛才擊破玻璃櫃時，從旁邊架子掉下來、先前那台故障的時光機。

眼神重獲希望的他，立刻把它撿起來，這個舉動讓博士心跳漏了一拍，整個人神色慌張，陷入恐懼之中。

「慢著，不可以用那台時光機，你會回不來的！」

這番話沒讓嘉昕打消念頭，反而讓他確定這支時光機能夠使用。

「左邊這個面板是年份和日期，右邊的經緯度不需要更改……」

他追憶博士先前教授的內容，轉動面板上的時間。

隨後趕到的研究所人員，不斷拍打玻璃門對著裡頭大喊：

「局長，這裡是研究一課，研究室遭到入侵。」

「快點出來，徐嘉昕！」

設定好日期的嘉昕，想起子晴與妹妹的合照，又一次更改跳躍的日期。

「沒錯，要改變的不是今天——而是四年前的六月六日。」

嘉昕懷著無比堅毅的決心，毫不猶豫的按下了按鈕。

青年的身影，就此消失在眾人的眼前。

第六章　約定好的未來

夜晚，摔進柔軟地面的青年徐嘉昕，下半身浸泡某種液體裡面，冰冰冷冷的濕黏感，讓他立刻將臉從淤泥中拔了出來。

「呼啊！這裡是哪裡？」

他以為會出現在中央紀念堂的廣場，沒想到卻在臭水溝裡頭。

擔心時光機泡水壞掉的嘉昕立刻抬手查看，座標確實沒有更動過，他猜想或許是博士所提過的，重複跳躍同一時間座標，會造成無法預期的影響。

現在最需要確認的，就是自己到底有沒有成功跳躍到六月六日，如果時間也有所差異，那就等於是白費功夫了。

「你沒事吧？」

似乎注意到有人卡在水溝裡頭，對方慌慌張張地從陸橋上跑了下來。

嘉昕試著往水溝旁邊的堤防前進，濕滑鬆軟的踏腳處，讓他不小心又一次栽進淤泥裡。

「來，把手給我。」

站在堤防上的女學生，毫不嫌棄滿身髒污的嘉昕，對兩腳深陷淤泥的他伸出了手。

「……不好意思，謝謝妳。」

現在這個冷漠的年代，還有年輕人願意幫助陌生人，讓嘉昕倍感溫暖。

從水溝爬上來的嘉昕，抹掉側背包的淤泥，拿出手機查看畫面。

手機沒有故障，但是因為沒有網路，所以無法同步資訊，於是他只好向幫助自己的女學生詢問。

「不好意思，請問今天是幾月幾號？」

「今天是六月五日。」

「年份呢？手機設定跑掉了，我要重設一下。」

為避免被當成神經病，他特別加了補充說明。

「……二零二五年。」

「很好，提早了一天而已。」

接過面紙擦臉的嘉昕，臨走前打算向女學生道謝，於是瞄了一眼制服上繡的名字。

頃刻間他的寒毛直豎，全身起雞皮疙瘩，驚慌失措的立刻下跪磕頭。

「請高抬貴手饒我一命，我有非常重要的事得去處理才行！」

以為嘉昕在和其他人說話的紫髮少女，轉頭看了一下四周，發現這裡只有他們兩個人。

「請問你是在跟我說話嗎？」

面對突然下跪哀求的青年，她擺出一臉困擾的模樣。

抬起頭來的嘉昕，在遠處路燈的燈光下，再次確認女學生的名字，衣服上確實繡著「顏雨詩」三個字。

小巧的臉蛋，遮住額頭的長瀏海，給人文靜的形象。

除了長相有所出入，還有一個重要的地方大不相同。
沒錯，就是身材的差距。
和波濤洶湧的女殺手相差甚遠，貧瘠的土壤，無法成為夢想的搖籃。
他判定這個差距，不是二次發育能夠追得上的，便安心把她當成同名同姓的女學生。
「抱歉，是我認錯人了。」
對方的制服嘉昕有印象，是母親家附近的一所中學，也就是說自己還在相同的城市裡。
「謝謝妳的幫忙，顏雨詩同學。」
嘉昕向對方道謝後便轉身離去，一身泥濘的走在夜晚的街道。
他決定去母親家借住一晚，畢竟需要洗澡換個衣服，還得調查子晴妹妹就讀哪一所學校。
嘉昕這個時候還沒有搬過來，沒事也不會跑到這一帶來，所以不會擔心遇上過去的自己。
「那個……顏雨詩同學，可以不用跟著我沒有關係哦。」
走了一段路的嘉昕，發現顏雨詩依然跟自己後頭。
「叫我雨詩就可以了，因為你剛才說有非常重要的事情要處理，所以我想幫忙。」
他詫異地盯著雨詩看，覺得這人似乎有些熱心過頭。
「我自己處理就可以了啦，不是什麼要緊的事。」
嘉昕說謊了，實際上是攸關兩條人命的大事。
「無論多麼小的事情都可以，請務必讓我幫忙。」
愛管閒事的程度，讓人不禁懷疑，這孩子是不是在進行什麼日行一善的活動，或者跟朋友間的比賽輸了，懲罰遊戲是主動幫助陌生人。

「那麻煩妳帶我到附近的車站好了。」

對這一帶不熟的嘉昕，希望可以早點到母親家休息。

「好的！」

不曉得為什麼，聽到請求的雨詩精神一振，看上去似乎很高興。

冰冷淤泥在初夏燥熱的天氣裡，很快就開始發臭。

即使如此，雨詩還是像條忠狗似的，緊緊跟在嘉昕背後。

嘉昕利用時間打探情報，詢問她是否知道明天要舉辦畢業典禮的高中。

不清楚雨詩直搖頭，唯一得知的是雨詩今天畢業，明天就開始放暑假了。

車站的位置意外地近，嘉昕發現這裡就是母親家所在的那一站，接下來的路他都還記得。

「到這邊就可以了，再次感謝妳。」

嘉昕再次道謝，但是雨詩卻沒有要離開的意思，像被拋棄的幼犬，無助的垂下臉龐。

「……說出來你可能不信，但是根據占卜，我今天會遇到生命中的貴人，塔羅牌顯示那個人身處困境，我必須竭盡所能的幫助他。」

「那個人該不會是指我吧？」

「我也不清楚……」

其實沒什麼相信不相信的，主要是嘉昕覺得和對方無關，剩下的部份她幫不上什麼忙。

「妳今天已經幫了我兩次忙了，晚上別在外頭閒晃，早點回家吧。」

「等等、稍等我一下——」

雨詩伸手進包包，拿出筆和便條紙，寫了些東西撕下來。

「這是我的聯絡方式，有需要幫忙儘管打給我。」

他覺得正常人不會隨便把自己的電話，留給初次見面的陌生人，但是不拿的話，對方似乎沒打算離開。

默默接過便條紙的嘉昕，總覺得這孩子有一天會因為迷信占卜惹上麻煩。

某間公寓的一樓大門前，嘉昕不斷左右徘徊，口中唸唸有詞。

雖然到了母親家門口，但他還沒做好進去的心理準備。

兒子夜間突然來訪，如果說是離家出走，她很有可能會偷偷聯繫父親那邊，所以嘉昕決定用過來找朋友、順道拜訪母親作為理由。

反正青春期的少年，本來就常做出一些情緒化的行為。

因為思念多年不見的母親，聽起來也很合理。

「好，就按照剛才排練的台詞講。」

做了一個深呼吸，嘉昕鼓起勇氣按下門鈴，很快就傳來了母親的聲音。

『您好，請問是哪位？』

「那個，我是嘉昕……」

『嘉昕！你怎麼跑來了？』

隨著一樓的鐵門開啟，樓上也傳來開門聲，不久後一名穿著長裙的女性就走了下來。

靠瑜珈維持的均勻體態，漂染的橙色頭髮散發年輕氛圍，此人正是嘉昕的母親張思涵。

久未謀面的兒子，渾身上下滿是泥巴，立刻引起母親的關切。

「嘉昕你發生了什麼事！怎麼髒成這樣？」

「今天手機不小心掉進水溝，所以就跳下去撈。」

「我幫你放洗澡水，總之先上來再說！」

嘉昕是在十八歲那年搬過去和母親一起住的，在那之前兩人從未碰面過，就算在這個時間點，至少也有五年沒見了。

無論經過多久，母親終究認得自己的孩子。

屋內的擺設和三年後沒有太大差別，唯一不同的是，儲物間還沒有改造成嘉昕的房間。

洗完個舒服的熱水澡，嘉昕換上爺爺以前的衣服，雖然款式舊了點，但他也沒有別的可挑。

「嘉昕，你吃晚餐了嗎？」

「還沒。」

「那正好，我正在試做下週店裡要上的新菜品，稍等我一下。」

回到廚房的思涵，繼續未完成的烹飪，聽著規律熟習的切菜聲，嘉昕不自覺地感到安心。

端上桌的料理是雜燴燉肉飯，未來住在思涵家的時候，嘉昕很常吃這一道料理。

記憶中熟悉的味道，溫暖了他疲憊的身心。

坐在餐桌對面的思涵，帶著和煦微笑，注視兒了多年不見的吃飯模樣。

知道盯著兒子吃飯會讓他很不自在，於是思涵自己也盛了一碗純燉菜，鞭吃邊開口問道：

「所以呢，怎麼會跑來找我，家裡出了什麼事嗎？」

「沒有，剛好到這附近，就順便過來看看……」

「我以為你爸爸不會跟你說我住在哪裡。」

她的話裡帶有一絲責備的意思，讓嘉昕對父母離婚後的關係感到好奇。

「我是從親戚那邊問到的。」

但他還是打算把這些無關緊要的問題留到以後再說。

「那個……今天可以讓我住一晚嗎？我明天早上就回去，不是離家出走哦，我有跟爸那邊講過了。」

聽到兒子要借住一晚，思涵的臉上露出開心的笑容。

「當然沒問題，但是家裡只有一張床喔。」

「我打地鋪就可以了，用儲物間那張地墊、我是說如果有地墊的話可以拿給我用！」

嘉昕慌張地改口，他不曉得那張地墊這個時候是否存在，擁有未來的記憶也有麻煩的地方。

「有有有，正巧有張別人送給我做瑜珈的多功能地墊。」

思涵拿出的綠色軟墊，果真就是嘉昕記憶中的墊子。

她一邊幫嘉昕鋪床，一邊掛著微笑詢問嘉昕這幾年的近況。

嘉昕記得自己剛搬到這裡的時候，母親明明沒有表現得這麼熱情。

可能是因為前夫剛過世，兒子又得適應新家，所以給了嘉昕充足的時間休息調適。

「不好意思，能借我用一下電腦嗎？」

跟過去母親敘舊了好一陣子，嘉昕決定要繼續來辦正事。

多了一天時間，反而讓他能充分地調查作準備。

這座城市共有三所高中，其中兩所明天正好會舉行畢業典禮，所在位置距離子晴家都不算遠，因此無法辨別妹妹就讀的是哪一所。

「唉，要是出發前做點功課就好了……」

如果有調查那場車禍的資料，就可以根據回家路線反推是哪一所高中了。

那張姐妹的大頭貼，身上穿的也不是學校制服。

——那可不是普通的車禍，是二十三死、十二傷的連環車禍，客運高速撞進加油站內引發爆炸，造成轟動全國大事件。

一籌莫展的嘉昕，突然想起政凱說過的話，改搜尋加油站的位置，果然在其中一所高中和子晴家之間，找到最有可能發生事故的地點。

「再來的話就麻煩了。」

根據街景圖顯示，這所學校分別有大門和側門，雖然可以在那間加油站附近埋伏等候，但是他不想冒險，最好是在出校門的那一刻就攔截下來。

問題在於嘉昕只有自己一人，無法同時兼顧兩個地方。

「……嗯，該怎麼辦才好呢？」

隔天一早，嘉昕算準學生的上學時間，和母親思涵道別。

自從上高中後他就沒再長高，身材也沒有太大變化，就算三年後這個時空的自己搬來，母親應該也不會有所懷疑。

離開母親家的嘉昕，前往附近的一處公園，坐在涼亭裡等待。

印象中畢業典禮通常在中午前結束，如果子晴她們選擇直接回家，那麼車禍應該是發生在正午前後，也就是說至少還有四個鐘頭的時間。

不久以後，一個身影出現在公園的入口，朝涼亭這邊小跑步過來。

遲到的自願協助者，一出現就給嘉昕添了新的麻煩。

「你看，我在來的路上撿到了這隻小貓。」

雨詩遞出手中的紙箱，裡面裝有一隻充滿精神的黑白貓，正在不斷搔抓紙箱。

「哪裡撿的就哪裡放回去，我們現在要辦正事，沒時間搭理……」

看著幼貓澄澈的眼睛，嘉昕一時語塞，不禁起了憐憫之心。

「紙箱上寫著請自行領養，這孩子應該是被拋棄了。」

「那妳要養牠嗎？」

「我家人對動物會過敏……」

「沒有要養就別亂撿動物啦。」

「但是這隻貓很有可能就是我生命中的貴人。」

「妳是不是宮崎駿電影看多了。」

嘉昕越看越覺得這隻貓長得很像佩可，忍不住伸手去摸牠的頭。

回過神來，就發現雨詩用一種充滿期待的眼神盯著自己看。

「幹嘛幹嘛，我可沒有閒工夫照顧貓喔。」

看著她的表情逐漸從期待轉為失望，嘉昕秉持著對方幫了三個忙，還對方一個人情也不為過的念頭，伸手接過了紙箱。

「咳咳、總之先把這孩子寄放在我家，晚點再回來處理。」

聽到嘉昕這麼一說，雨詩臉上綻放出淡淡的笑容。

前腳才剛走，後腳就回來寄放野貓，嘉昕有點不好意思，但還是把這個麻煩推給了過去的母親。

搞定這件事的嘉昕，和雨詩兩人搭乘電車，前往推論中子晴妹妹就讀的學校。

已經開始放暑假的雨詩，今天理所當然的穿著便服。

白上衣搭配針織罩衫和水色長裙，充滿清純的風格，即便是不懂時尚的嘉昕也認定很好看。

只能說女孩子不愧是女孩子，中學就很懂得打扮。

因為缺乏人手，嘉昕昨晚聯繫了雨詩，希望她今天能來幫忙。

雨詩表示自己很樂意來幫忙，於是就成了現在的局面。

所幸子晴給的這支手機是這個時代的產物，走出車站的嘉昕首先跑了一趟電信行，替自己的手機購買預付卡，方便之後分頭行動的時候能跟雨詩聯繫。

他的計畫很簡單，就是分別守在兩個門口，看見子晴就通知對方。
時間是早上十點，兩人待在學校對面的早餐店，等待行動時機成熟。
捧握玻璃杯的雨詩，小口小口的啜飲奶茶，面前擺放著子晴和妹妹的大頭貼。
「這兩位就是你要找的人嗎？」
「她們應該會一起出現，小心千萬別看漏了。」
「哪一個是你暗戀的對象？」
突如其來的問題，害嘉昕紅茶噴得滿桌子都是。
「咳、咳咳！」
她趕緊將照片收起來避免被噴到，遞了一張紙巾給嘉昕。
「抱歉，只是跟戀愛有關的事情，女孩子會比較有幹勁。」
雨詩從隨身的包包裡拿出一副卡牌，臉上洋溢清爽的笑容。
「作為道歉，我來幫你占卜一下運勢吧。」
「沒有那個美國時間啦，等我喝完這杯就要出發了。」
占卜聽起來就很花時間，嘉昕寧願乾等一個鐘頭，也不願意錯過畢業典禮結束的時間。
「聖三角占卜法的話很快，不會耽誤太多時間的！」
嘉昕看她一副苦苦哀求的模樣，覺得她只是手癢想要占卜而已。
「好啦，限妳十分鐘以內。」
心花怒放的雨詩，將卡牌的一部份挑了出來，剩下的謹慎地放回盒內。

看著認真洗牌的雨詩，嘉昕實在難以將眼前的少女，和那個壞事做盡的瘋女人作聯想，可見她果然只是撞名的普通人。

洗好牌的雨詩將卡片扇形攤開，並在桌上鋪了一張攤開的紙巾，看起來頗有占卜的氛圍。

「好了，現在請你抽三張牌，依序蓋在下方，左上和右上，呈現出一個倒三角形的圖案，擺放的時候可以任意將牌背顛倒沒有關係。」

「像這樣子嗎？」

嘉昕隨意抽出三張牌，放到面前擺出倒三角形。

「透過這個占卜法，可以簡單展示你的過去、現在以及未來，請翻開下方的那張牌。」

「原來是塔羅牌啊。」

嘉昕翻開靠近自己的牌，圖片有著一對裸體的男女，天空則有位天使，背景的蘋果樹跟蛇，簡單地呈現了伊甸園的景象。

「戀人，象徵情感關係與決定，正位的這張牌預示了你會遇到一位新的伴侶或事業良機，而你的選擇對於未來極具關鍵。」

「進入你生命中的這個人，將會為你帶來正面影響，如果你能聽從內心真正的指引，願意冒險，很快就會發現屬於自己的樂園。」

發現當事人聽到耳根都紅了，彷彿看穿嘉昕想法似的，滿臉笑容的雨詩繼續說下去：

「接下來請翻開左上角的卡牌，這個位置代表著現在，這邊指的現在並非當下，而是占卜時間點過後的不遠將來。」

嘉昕接著翻開第二張牌，那是倒立的羅盤圖案，旁邊的雲朵上還有一些長著翅膀的奇怪生物。

看到這張牌出現，雨詩臉上的笑容瞬間消失，語帶哀傷的說道：

「逆位的命運之輪，代表你目前的運氣似乎不太好。幸運的是，這張牌也象徵這一輪艱難的困境即將終結，只要花點時間整頓重新來過，很快就可以繼續向前邁進。」

嘉昕覺得這張牌很不吉利，尤其在這個時機點出現，因此立刻翻開了最後的一張牌。

看見這張牌的雨詩，表情再度亮了起來。

「正位的星星卡牌，象徵希望與指引，同時也是強大的祈願力量。你可以盡情發揮所長、表現，展現你的愛、天賦和才能，星星會引導你，並允許你閃耀發光。」

「好的占卜大師，感謝妳的運勢分析，我會銘記在心的。」

嘉昕只覺得意義不明，說到底幫未來人進行占卜，過去現在未來的時間基準根本就是亂的，天曉得怎麼解讀才正確。

在大門口等候的嘉昕，混在其他等候的家長裡頭，看上去就像普通的外校親友。

雨詩則按照計畫繞到側門，定期進行聯繫回報。

嘉昕在人群裡繞了幾圈，都沒有見到子晴的身影，可見她和妹妹約在附近某個地方碰面。

體育館方向傳來畢業歌曲的旋律，家長也紛紛躁動了起來，可見典禮進行到尾聲階段了。

隨著校門敞開，開始有零零散散的學生離校。

幾個月前才當過畢業生的嘉昕，知道這個時候大部份的學生，都在教室跟老師同學道別，不會馬上離校，因此特地打電話提醒雨詩。

「雨詩，目標對象很受歡迎，要特別留意結伴走出校門的學生。」

『受歡迎是到什麼程度？』

「差不多班長那種程度吧。」

『但是我們班的班長不怎麼受歡迎……』

「我怎麼知道妳們班的狀況啦，總之妳自己看著辦。」

結束通話的嘉昕提高警覺，仔細留意每一位經過的學生。

沒過多久，他就在一群三人組的女高中生裡，發現疑似妹妹的人物。

對方長得跟子晴確實很像，除了臉型些微不同，最大的差異就是笑容滿面，沒有整天擺一副別人欠錢的臭臉。

和大頭貼上一模一樣的笑容，讓嘉昕確定這個人就是子晴的妹妹。

「賓果！」

另外兩名女學生跟著各自的家長離開後，妹妹便獨自一人返家，半路還拿出手機，疑似在與某人聯絡。

嘉昕悄悄跟在後頭，經過轉角的那一刻，他因為過於感動，整個人呆愣在原地。

亮麗的黑色長髮隨風飄舞，在陽光的照耀下閃閃發光。

抬頭挺胸的站姿，看上去總是不高興的嘴臉，毫無疑問是他記憶中的夏子晴沒有錯。

為了不會再次失去她，嘉昕二話不說追了上去，大聲叫住子晴。

「夏子晴！」

聽見有人呼喊自己，子晴自然停下腳步回頭查看。

「欸好久不見耶，妳怎麼會在這邊？」

「請問你是？」

「是我啦，我是妳小學同學啊。」

瞇起眼睛的子晴，努力回憶小學同學的長相，但是沒有想起相近的人選。

「你是不是認錯人了？」

「妳是夏子晴沒錯啊，我以前有段時間坐在妳旁邊，還是說才過幾年妳就忘了？」

「……不好意思，我沒有什麼印象。」

「我每次考試都班排前十名，還參加過班際籃球賽，妳真的不記得了嗎？」

嘉昕編造模稜兩可的虛假過往，誘使她繼續回憶。

子晴露出困擾的表情，對眼前的這個人真的毫無印象。

「抱歉，我還是想不起來，你找我有什麼事嗎？」

「沒有啦，我要去學校接我弟，妳妹也是畢業生嗎？哇、這麼巧，沒想到我們都有同年紀的弟妹。」

「……沒什麼事的話，我就先走了。」

不想讓妹妹等太久的子晴表示告辭，嘉昕立刻出聲攔阻。

「欸等等、我們最近有打算要辦同學會，所以想徵詢一下大家的意見，妳還沒加群組吧？難得在這遇到妳，至少先加一下再走。」

拿出手機的嘉昕，假裝在滑找群組，實際上因為沒有網路，所以只是拖延時間的舉動。

「我們是幾年級的同學？」

「欸？」

原本就因死纏爛打不耐煩的子晴，此時又增添了一分戒心。

「班導叫什麼名字？學校的名字又是什麼？」

「我們當然是、就是那個……」

閃爍其詞的嘉昕，因為遭到懷疑慌了手腳。

「——你根本就不知道吧？」

子晴斬釘截鐵的回答，嚇得嘉昕心頭一驚。

面對作勢轉身離去的子晴，嘉昕想都沒想，就抓住了她的手臂。

「等一下、子晴姐！」

「放手！」

火大的子晴想把手抽回去，嘉昕卻抓得更緊。

由於兩人陷入肢體衝突，在遠方見狀的妹妹，急忙跑過來介入紛爭。

「你想對我姐做什麼!?」

「我……」

注意到自己魯莽的舉動，嘉昕鬆開緊抓的手臂。

「請你自重一點，再靠近我就要報警了。」

橫眉怒目的子晴，留下嚴厲的警告，便和妹妹一同離去。

懷著搞砸的罪惡感，嘉昕拍打臉頰，讓自己振作起來。

事情還沒有結束，直到確定妹妹安全為止，他都要繼續守護這對姐妹。

天氣陡然一變，晴朗的白天被大片烏雲密布所遮蔽。

內心抑鬱的嘉昕，深怕被子晴發現，保持一小段距離跟在後方。

剛才的對話就算只拖延了五分鐘的時間，也足夠避開一場死亡車禍了。

然而前方一百公尺的加油站，並沒有發生車禍的跡象，更別說什麼加油站爆炸了。

忐忑不安的嘉昕，左右探頭留意四周的動靜。

萬一自己的介入，導致兩人捲入即將發生的車禍，那麼嘉昕等於才是妹妹昏迷的兇手。

眼看姐妹倆即將經過加油站外圍，嘉昕眼角餘光注意到了，一台高速行駛的客運，正從後方的坡道往這邊過來。

「該死、難不成真的是因為我的緣故？」

嘉昕立刻拔腿狂奔，往子晴和妹妹的方向跑去。

留意到偏離馬路的黑色客運，其他駕駛紛紛猛按喇叭警告，正在加油的民眾和恰巧路過的子晴姐妹，卻尚未察覺危險將至。

失控的黑色客運，高速衝撞加油站設施和排隊等候的車輛，接著又突然打滑，眼看後半截就要撞上姐妹倆。

「小心——！」

嘉昕抓住兩人的手臂，將她們向後拉倒，成功躲過致命的車尾。

衝進加油站的客運，將現場撞得天翻地覆。

其中一輛車突然發生爆炸起火，火勢沿著溢滿地面的汽油，以迅雷不及掩耳的速度擴散開來。

來不及逃生的駕駛及加油站員工，被半天高的火舌吞沒，頓時哀鴻遍野。

不到十秒鐘的時間，整間加油站就成了一幅地獄光景。

事先就看見許多預言畫面的嘉昕，雖然心痛不已，但是他無暇顧其他人的安危，只想儘快帶姐妹倆到安全的地方。

「你是剛才的!?」

「沒時間解釋了，這裡很危險！」

「姐姐，快點起來！」

由於子晴的小腿被破片劃傷，嘉昕和妹妹共同攙扶她起身，加油站內持續傳來震耳欲聾的爆炸聲。

混亂的火勢中，嘉昕看見數名男子自火場走出。

彷彿置身事外的淡定態度，讓嘉昕感到哪裡不對勁。

下一秒，其中一名男子從外套裡掏出手槍，瞄準妹妹後腦杓，扣下了扳機。

嘉昕可以清楚感受到，另一側支撐子晴的力量，妹妹生命消逝的瞬間。

「子玲——！」

目睹妹妹倒下的子晴，近乎崩潰的呼喊她的名字。
憤怒至極的嘉昕，只能眼睜睜看著一行人消失在烈火之中。
——四年前那起車禍，據調查就是那夥人造成的。
沒錯，這群人才是罪魁禍首。
嘉昕不明白星之使徒的目的，唯一可以確定的是，他們非要置妹妹於死地不可。
「放手！別把我妹妹丟在那裡、快放手！」
忍著椎心刺骨的痛楚，嘉昕將不斷掙扎的子晴強行架走，交給前來幫忙的熱心民眾，之後便在附近的巷子裡人間蒸發。

微熱的夜晚，加上冰冷濕黏觸感，讓嘉昕知道自己跳躍成功了。
這次跳躍完後，他的額頭浮現一種吃冰吃太快的抽痛感，然而也僅僅是一瞬間而已。
原本擔心日期會有所不同，但聽見熟悉的呼喊聲，他就安心了下來。
「你沒事吧⁉」
熱心助人的占卜少女，正慌張地從陸橋上趕下來幫忙。
嘉昕這次打算靠自己走到堤防邊，結果還是不小心滑了一跤，摔得比上次更狼狽。
「來，把手給我！」
嘉昕又一次抓住雨詩的手，在她的幫助下擺脫泥濘。
「謝謝妳……」

爬上堤防的他，就這麼坐在地面，一臉懊惱的陷入沉思。
即便讓姐妹倆改道返家，還是有可能在別的地方被星之使徒盯上，最好的辦法還是預先阻止那群人。
「那個，你是不是有什麼困擾？自殺是不好的喔。」
「誰自殺會跳臭水溝啦。」
嘉昕拍掉淤泥起身，拿出手機確認時間。
這時間服裝店應該還沒有打烊，總不能穿著外公的衣服去找母親思涵。
他不曉得讓兩套相同的衣服同時出現，會不會造成什麼不安定要素，最好還是不要冒險。
手機的電量也快耗盡了，得借點錢買個充電器。
注意到從自己背後探頭的雨詩視線，於是嘉昕問道：
「怎、怎麼了嗎？」
「抱歉，我在想你有沒有什麼需要幫忙的。」
嘉昕想起來她正在尋找需要幫助的人，於是直接說道：
「有件事可能會需要妳幫忙。」
「是的，你請說。」
兩手提著書包的雨詩，露出一副開心的表情。
「不是現在啦，明天才會需要人手。」
其實他還不曉得具體的計畫，但是多一個人幫忙總是好事。
「明天早上再來這邊找你嗎？」

「不是，這附近有座公園，明早七點在那邊的涼亭集合。」

「好的，我會準時抵達。」

毫不猶豫就接受陌生人沒來由的請求，讓嘉昕真的擔心這孩子哪天會被壞人拐走。

告別雨詩的嘉昕，一個人踏上前往母親思涵家的道路。

由於是第二次造訪母親家，這次沒有在門口排練，直接就按響了電鈴，上去的時候廚房裡都還在洗菜階段。

思涵依舊熱情的招待兒子，端上他已經吃慣的新料理。

嘉昕又一次回到這個離開不久的家休息，就好像從沒離開過一樣。

徵得客廳電腦的使用權後，嘉昕憑藉對事故現場的記憶，努力調查那輛客運屬於哪一家業者的，並核對該時間點會通過那附近的客運。

花了一個晚上，他鎖定出大概的範圍，剩下的得明天去現場驗證。

對嘉昕來說，現在的體感時間相當於傍晚，因此隔天清晨便睡醒。

為感謝思涵收留他兩個晚上，嘉昕依照記憶中母親的喜好，簡單烤了兩片吐司、泡杯即溶咖啡，算好她起床的時間，在那之前留下字條就離開了。

「我在來的路上撿到了這隻小貓。」

和顏悅色的顏雨詩，一出現就破壞了嘉昕醞釀許久的決戰氣氛。

「糟糕，完全忘記有這回事了。」

「很可愛對不對。」
他看著雨詩蹲在地上搔抓小貓下巴，不經意拋出一句：
「……這隻貓是在哪條巷子裡撿的。」
聽出語氣中帶有一絲嫌棄的雨詩，用身體護住箱子，眉頭深深皺起。
「你要把牠放回去嗎？但是紙箱上寫著——」
「我看得懂中文、知道是棄貓好不好。」
跟著蹲下的嘉昕，在雨詩旁邊和她一起注視小貓。
攀在紙箱邊緣仰望自己的小傢伙，果然長得跟佩可很像。
再度動了惻隱之心的嘉昕，下定決心似的抱起紙箱說道：
「不能養就不要亂撿小動物啦，總之這個就交給我處理。」
「你怎麼知道我家裡不能養寵物？」
這個問題讓嘉昕一時語塞，總不能解釋說因為自己是未來人，絕對會被當成神經病。
「妳要是有打算帶回去養的話，就不會特地拿來問我意見了啦。」
為了結束這個話題，他對雨詩伸手說道：
「妳有帶筆嗎？借我寫個東西。」
「稍等一下。」
嘉昕接過簽字筆，劃掉自行領養幾個字，在紙箱上寫了思涵小姐收，嘉昕留的字樣。
「這樣就搞定了。」

看著嘉昕寫下的文字，雨詩困惑地詢問：

「你要把這孩子丟給別人嗎？」

「不是別人，是我媽啦。」

沒打算再按電鈴的嘉昕，決定把貓放在一樓就走，反正母親出門上班的時候就會看見了。

「那你為什麼不寫媽媽，你跟媽媽感情不好？」

「別人家的閒事別管那麼多啦。」

「我有權知道小貓要去的家庭幸不幸福。」

跟在後頭的雨詩，用微妙的力氣拉扯嘉昕袖子。

「是是是很幸福，我媽她很喜歡動物，我們家也養了一隻貓，這樣可以了沒有？」

「你們家的貓叫什麼名字？」

「佩可。」

「我想看照片。」

「不要。」

「小氣。」

再次將麻煩留給母親後，嘉昕和雨詩再度搭乘電車，這次卻沒有在子玲就讀的高中下車，而是多搭了一站。

這次他要阻止客運衝進加油站，為此嘉昕早上用公共電話打給客運總決，告知他們今天近中午時將會挾持一輛黑色的客運，並再三強調這不是惡作劇電話。

再來他也準備在鄰近中午的時間點，通知警方加油站一帶出現持槍男子，請他們前往巡邏。

雖然不曉得是否有用，但是有嘗試總比沒有好。

現在要做的就是在這一帶巡邏，發現疑似星之使徒的人就立刻通報。

不明白嘉昕要做什麼的雨詩，只是默默地跟著他到處走動。

走了三個鐘頭，仍然沒有發現任何可疑人物，隨著時間越來越靠近，嘉昕就更加焦躁不安。

身後傳來的聲響吸引了他的注意，一回頭就發現雨詩摔倒在地。

「不好意思……」

雨詩的道歉，讓嘉昕十分過意不去。

陪自己漫無目的地走了這麼久，他自己都有點累了，何況是看起來弱不禁風的少女。

「我們到那裡休息一下吧。」

嘉昕帶著雨詩到旁邊的公車站牌坐下歇腿，穿著涼鞋的雨詩輕揉發腫的腳踝，讓嘉昕看得有些心疼。

上次把雨詩一個人丟下不告而別，這次因為滿腦子都在思考如何阻止星之使徒，對她的態度又很差。

即使如此，她依然願意幫助自己，讓嘉昕相當過意不去。

「妳在這裡稍等一下。」

嘉昕讓她稍等一下，走進旁邊的便利商店，買了一瓶冰水回來，輕輕貼在她的腳踝上。

受到驚嚇的雨詩肩膀一震，抗議似的鼓起腮幫子。

「最後再幫我一個忙吧。」

嘉昕拿出手機，打開圖片庫裡的一張照片，是子晴和妹妹的合照。
那張照片給了上一個雨詩，所幸嘉昕有事先拍下來。
「前面有個加油站，稍後這對姐妹會經過那裡，用任何方法都好，儘可能拖住她們，別讓她們往這邊過來。」
忽然想到什麼的嘉昕，帶著淡淡的微笑補充說道：
「照片左邊這位是我的暗戀對象，我這次就是特地來拯救她的。」
「原來如此，但是為什麼要和我說這些？」
握著冰水的雨詩，對嘉昕不解的偏頭。
「哎呀，女孩子不是都對跟戀愛有關的事情比較感興趣嗎？」
他以為這樣講能讓雨詩打起精神，卻意外地沒起到什麼效果。
一輛停在對街的黑色客運，吸引了嘉昕目光。
「這件事就拜託妳了，我現在有事必須去處理。」
距離子晴抵達還有十五分鐘左右，只能夠靠自己阻止了。
面對這群肆意妄為的狂徒，手無寸鐵的自己很有可能會被殺死。
想到這點，從長椅站起來的嘉昕，身體就不停顫抖。
注意到嘉昕不自然的顫抖，雨詩注視著他的側臉，擔憂地說道：
「你看起來不太舒服，一定要過去嗎？」
「抱歉，我非去不可……」

他緊握雙拳，試圖抓住漸漸流失的勇氣。
雙腿卻無法邁出步伐，心跳跟著劇烈加速。
「不要去了，你的印堂發黑，是將死之人的面相。」
「……將死……之人？」
嘉昕鸚鵡學舌的複誦了一遍，注意到話裡的關鍵字，趕緊轉身問道：
「雨詩，妳有帶鏡子在身上嗎⁉」
「化妝鏡可以嗎？」
他接過化妝鏡，照了一下自己的臉，果然和他猜想的一樣。
「抱歉、這個借我，晚點再還給妳！」

停靠的路邊客運上頭，兩名星之使徒分別坐在駕駛座和最後排的座位。
他們上車後第一件事就是射殺司機，威脅所有乘客把手放在頭上。
這兩人的任務是在接到命令後撞進加油站，一人負責駕駛，一人負責監視乘客的一舉一動。
等候指示的匪徒，從後照鏡裡看見一名青年鬼鬼祟祟的蹲在輪胎旁，不曉得在做些什麼，於是對同伴使了個眼神，表示要下車查看。
他將手槍放進外套，壓低帽子走下車。
「喂、你在那邊幹什麼？」
面對匪徒的質問，背對他的青年沒有回話。

火大的匪徒上前抓住青年的肩膀，對方卻突然轉身，用手裡的磚頭重擊他的太陽穴。

遭擊暈的匪徒昏倒在地，嘉昕趁勢拿走了他外套裡的手槍。

利用預知能力，他提前看見自己的死亡，以及車內的情況。

知道貿然上車的話會被槍殺，所以想辦法將對方引下來，剛才也是持續注視手裡的鏡子，確定這個襲擊計畫不會導致喪命。

嘉昕再次照起鏡子，露出充滿信心的表情。

換上司機外套和帽子的他，大搖大擺的走上客運。

注意到同伴不對勁的匪徒，慢了幾秒舉起武器。

而嘉昕早已抬起槍口，瞄準站在走道盡頭的匪徒。

——雙腳與肩同寬，膝蓋微彎身體傾前，四肢放鬆，視線對焦在準心，扣扳機的時候屏住呼吸。

照著子晴教授的訣竅，繃緊神經的嘉昕扣下扳機，擊發而出的子彈不偏不倚命中匪徒胸口，將其射倒在地。

心驚膽顫的嘉昕，沒料到真的會成功，暗自鬆了口氣。

「不要緊張，我是警方的人，已經沒有事了，請大家依序下車。」

安撫完乘客驚慌失措的情緒，他在下車的同時將槍枝隨手扔進路邊的垃圾桶，急忙朝加油站的方向奔去。

「很好，客運已經搞定了，接下來就剩下子晴她們。」

翻越坡道的嘉昕，窺見前方的路口疑似有些騷動，於是加快了腳步。

穿過聚集的喧嘩人群，來到騷動中心的嘉昕睜大雙眼，驚恐地望著眼前的景象。
絕望慟哭的子晴，緊緊抱著懷裡逐漸冰冷的妹妹。
更讓他震撼不已的，是同樣倒在血泊裡的雨詩。
針織衫底下的白色上衣浸滿鮮血，闔上雙眼的她，彷彿陷入沉睡的少女。
「為什麼會這樣……不對、不該是這樣子的……」
嘉昕以為自己戰勝命運、扭轉了過去，結果什麼也沒有改變，還拖累了另一名少女。
被恐懼侵襲的嘉昕逃走了，發了瘋似的全力逃跑。
然而不論逃得多遠，子晴傷心欲絕的哭聲依然縈繞在耳邊。
為了躲避侵擾大腦的雜音，嘉昕按下手錶，逃到一切尚未發生之前。

再三出現的熟悉景象，一如既往的呼喚聲。
冰冷的淤泥沒能讓嘉昕冷靜下來，他對著地面狂槌猛打，濺起一陣又一陣的泥水。
逃到過去的他，依然沒能逃離內心的自責。
「你沒事吧？」
看著少女伸出的手，茫然無助的嘉昕舉起手臂，張開的手掌卻在最後一刻收合起來。
往前伸直的指尖，抓住了他沾滿淤泥的手腕。
那是纖細，卻又溫暖無比的一雙手。
嘉昕黯然失色的瞳孔，亮起了細微的光芒。

「我會幫你爬上來的。」
回握住雨詩手腕的嘉昕，在她的奮力拉拔下爬上堤防。
看著坐在地面的青年，雨詩抱膝蹲低，憂心忡忡地問道：
「發生什麼事了嗎？你看起來心事重重。」
雨詩的關切，卻讓嘉昕痛心不已。
她並不曉得，自己才剛被眼前的這個人害死。
「明天早上七點……請到附近的公園來……」
光是說出這句話，沉重的罪惡感就壓得嘉昕喘不過氣。
他需要幫手，但是不想再把無關的雨詩捲進來。
如果這次也沒救到人；如果這次又把雨詩害死，想到這裡，他就不知道該如何是好。
看著表情沉痛的青年，雨詩泛起笑容，從書包裡拿出一副塔羅牌。
「迷惘的時候，占卜可以指引方向，我身上正好有帶——」
「那種事情怎麼樣都好！」
嘉昕隨手一揮，打掉了少女手裡的塔羅牌。
數十張卡牌散落一地，有些甚至還掉進了水溝裡頭。
沉默不語的雨詩低下臉龐，長長的瀏海遮住了她的表情。
踐踏少女好意的嘉昕，卻清楚聽見了心碎的聲音。
這是個意外，就像他害死雨詩一樣，是無心之過。

但是再多的歉意，也無法彌補他造成的後果。
連句道歉也沒有，嘉昕再次從雨詩的面前逃走了。
被獨自留下的雨詩，默默收拾散落在堤防上的卡牌，撿起那唯一一張正面朝上的星星卡牌。

來到思涵家的嘉昕，就像第一次來到這裡時那樣，對是否要按下電鈴猶豫不決。
在拒絕雨詩以後，就連母親他也不想面對。
像個做錯事的孩子，害怕回到家裡。
最後嘉昕還是按下了電鈴，心力交瘁的他，如果不找個地方休息，恐怕會支撐不下去。
「嘉昕，你怎麼搞成這樣？快點上來！」
「在衣服曬乾以前，你就先穿外公的衣服吧。」
「吃飯了沒有？我在試做店裡的新菜單，正好來幫忙試吃。」
相同的話語，溫度卻不曾改變過。
無精打采的兒子，坐在餐桌前對燉飯發呆，思涵安靜地起身，打算讓嘉昕好好獨處。
微微抬頭的嘉昕，此時才用消沉的聲音問道：
「……妳不問我過來的理由嗎？」
「不想說的話，我不會強迫你。」
「我想問妳一個問題。」
思涵拉開椅子再次坐下，笑盈盈地回答：

「當然，任何問題都歡迎。」

「妳跟爸離婚的時候，為什麼拋下我離開了。」

就連嘉昕自己，也不明白怎麼會在此時拋出這個問題。

「……因為我很愛你們父子倆。」

思涵沒有露出難為情的表情，只是笑容的幅度稍微下降了一些。

或許是她知道，兒子總有一天會問這個問題也說不定。

「你爸爸在你出生之後，將人生的重心全部轉移到了你身上。而我不同，我選擇兼顧家庭與事業，即便遭到周遭非議，指責我是個不稱職的母親也無話可說。」

「因為理念不合，最終我們選擇了離婚，我當然也捨不得離開你，但你爸爸是個很怕寂寞的人，我不忍心將你從他身邊奪走。何況我們協議好了，不要在最後的相處時光，讓你看見父母成天爭執吵架的模樣。」

或許不是最好的做法，卻是父母深思熟慮後，為了兒子做出的選擇。

「居然是這樣嗎……」

忍不住苦笑的嘉昕仰天扶額，他一直以為母親拋棄了自己，從不試著去了解真相。

隨著長年以來的芥蒂消除，嘉昕的內心猶如撥雲見日般豁然開朗。

他握起湯匙，將熱騰騰的燉飯送入口中，身心頓時暖了起來。

「好吃。」

強忍淚水的他，一口接著一口，細細品嚐母親親手作的料理。

思涵則帶著慈祥的微笑，享受久違的天倫之樂。

母親無微不至的照顧下，嘉昕好不容易打起了精神。

無奈他仍然沒有頭緒，不知道該怎麼辦才好。

宛如深陷迷霧之中，找不到前進的方向。

同時對付星之使徒和保護子晴妹妹，簡直難如登天。

預告恐怖攻擊讓畢業典禮延後，破壞子晴家門鎖，嘉昕甚至想過提前放火燒了加油站。

千頭萬緒的他，直到深夜也沒能想出好方法。

這一天，疲憊不堪的嘉昕睡得很沉，醒來的時候已將近早上九點。

雖然是平常日，但是思涵沒有過問學校的事，她知道兒子或許有什麼有難言之隱，只是在出門上班前簡單留他下來吃了頓早餐。

距離約定的時間早已過了兩個鐘頭，雖然對雨詩有點不好意思，但是能讓她遠離一次危險，未嘗不是件好事。

加上昨天粗魯的舉動，對方也不見得會來。

「那個……路上小心。」

因為上班前兒子的一句話，綻放出燦笑的思涵，同樣對他揮手道別。

「嘉昕，隨時歡迎你再來喔～」

與思涵同時出門的嘉昕，道別後朝車站的方向移動。

因為還沒想到具體辦法，打算從長計議的嘉昕，決定先把附近的環境，以及星之使徒出現的時間調查清楚。

他帶著重新振作的勇氣，一步步邁向天邊逐漸聚集的陰暗烏雲。

就在這個時候，嘉昕看見了難以置信的光景。

帶著小貓的少女，坐在公園的涼亭裡。

少女帶著慈愛的眼神，注視躺在腿上的幼貓，用手輕撫牠的後背。

注意到走近涼亭的人影，她抬頭看向來者。

「為什麼……妳會在這裡？」

「不是你要我過來的嗎？」

那是平靜祥和，過於純粹的微笑。

「早就已經過了約定的時間，如果我沒有來，妳不就得一直在這裡等了嗎⁉」

迎面而來的激烈情緒，讓雨詩若有所思地垂下眼簾，並用不疾不徐的語氣回答：

「萬一我不在這裡，你需要幫忙的時候怎麼辦？」

少女的答覆，讓嘉昕的視線霎時模糊了起來，一股熱意自喉嚨湧上。

「妳這個人實在是……」

和母親對談時忍住的淚水，在這人面前終於不爭氣的傾瀉而下。

「對不起……然後謝謝妳……」

突然開始哭泣的青年，讓雨詩慌了手腳，她將小貓放回旁邊的紙箱，起身走到嘉昕面前。

「不哭不哭，眼淚是珍珠。」

不曉得該如何是好的雨詩，顛起腳尖溫柔地撫摸嘉昕的頭。

嘉昕堅信他擁有的預知能力，以及跳躍適性是有意義的。

成為時空特務，肯定就是為了拯救子晴。

此時此刻，又多了一件他確信不已的事情。

那就是無論重來多少次，眼前的這個人肯定都會伸出援手，在背後支持懦弱的自己。

為了拯救所愛的人；為了回應少女的心意。

哪怕不是晴天，嘉昕也會繼續向前。

失敗十次，他就重來一百次。

即便是毫無勝算的戰鬥，決心也不會再動搖。

此時此刻，徐嘉昕和少女立下了約定，約定好要前往的未來。

尾聲　星之所在

市區的某間咖啡廳內，一名青年正在櫃台沖泡咖啡。
他將下壺傾斜注水，輕柔地攪拌濾紙上的咖啡粉，萃取出酸感和甜度。
濃醇的咖啡香氣，喚醒了他一天的早晨。
青年想起某位嚮往開咖啡廳的上司，認為自己現在的模樣肯定會令其心生羨慕。
他解下圍裙，欣賞店裡裝飾品的同時端起咖啡啜飲。
擺在牆壁的置物架，琳瑯滿目的前衛藝術品中，有著一支外型奇特，明顯歷經許多風雨的手錶。
懸掛的鈴鐺發出清亮聲響，一名橙髮女子推開店門走了進來，見到青年便露出和煦的笑容說道：
「哎呀，你今天不是有很多事要處理嗎？」
「都等了這麼久的時間，不差這一下子啦。」
直到喝完最後一口咖啡，他才慢條斯理的穿上外套。
「媽，我出門囉。開店的準備差不多了，今天我午餐會在外面解決。」
「別忘了記得去補辦證件。」
思涵笑著目送兒子離開，接手剩下的準備工作。
四年前，離婚後就沒再見過面的兒子，突然滿身泥濘的來找自己。

經過一晚的相聚，傷心的思涵以為近期不會再見到兒子了，沒想到隔天他又再次來訪。這次兒子非但沒有離開，還說自己其實是從未來回來的，因為回不去所以想留下來住。深信不疑的思涵，就這麼和兒子住了三年，讓他幫忙咖啡廳的工作。

直到一年前原本的兒子搬來，他才短暫的搬出家裡，上個月才又回來家裡住。

秋高氣爽的日子裡，出了車站的青年，走在既陌生又熟悉的步道，進入朝氣蓬勃的校園，重返暌違已久的大學生活。

「回學校第一天就要期中考，未免也太硬了點，幸好我這次準備充足。」

為了完美銜接自己的生活，當了四年黑戶的青年，早已做足各種準備。

離開考場的他，前往另一個自己的租屋處，迎接餓了半天以上的皇帝。

青年掀起門口的地墊，循著記憶找到備用鑰匙，打開滿是噪音的鐵門。

「呃、我都忘記這扇紗門有夠難開的。」

卡在陽台進不去的青年，將外出籠開口朝向縫隙，對屋裡呼喚道：

「佩可、佩可聽到沒有？我來接你囉。」

豎起耳朵的黑白貓，悠悠哉哉的從房裡走出來，隔著紗門抬頭仰望青年，絲毫沒有要進去籠子的意思。

「怎麼，你該不會在氣我一個月前把你丟在這裡吧？那是為了維持時空安定的不可抗力，我也沒辦法啦。」

不愛搭理人的貓皇，對奴才的辯解打了個無聊的哈欠，最後在魚肉香腸的誘惑下，才肯乖乖進到籠子裡。

關上大門的青年，離開以前看了鄰居大門一眼，嘴角浮現淺淺笑意。

「再稍微等我一下吧。」

時空管理局二樓，今年新設立的員工餐廳內，一對姐妹坐在靠窗的座位，享受餐後的休息時光。

「政凱哥真的很搞笑耶，為了秀肌肉弄壞一件襯衫，後來莉莉姐還幫他把噴滿地的扣子縫回去。」

捧著飲料的夏子玲，開心地閒聊關於前輩的逗趣日常。

她注意到聽者正盯著義大利麵發呆，於是故作生氣的放下紙杯。

「姐，妳有沒有在聽呀？」

「對不起，我昨天沒睡好，有點走神了……」

面對早上開始就心事重重的姐姐，子玲也不好意思繼續叨唸她，於是換了個話題說道：

「姐妳在ＴＳＡＢ的這兩年，到底有沒有找到那名未來人的下落？」

眼簾低垂的夏子晴，一臉尷尬的苦笑回應：

「沒有，我到現在還是沒找到和他有關的線索。」

她的眼神透出一絲寂寥，眼前浮現有關那天的記憶。

四年前，子晴前去參加妹妹的高中畢業典禮，兩人在回家途中被捲入一起恐怖攻擊。

劫持客運的匪徒，駕駛巴士衝撞加油站，造成嚴重的火災，妹妹子玲在混亂中左腳骨折無法動彈。

數名持槍的匪徒自火場走出，眼看他們要對自己和妹妹不利，一位青年出現在姐妹倆面前。

不知為何遍體鱗傷的他，勇敢的徒手和匪徒進行搏鬥，撂倒了為數眾多的對手。

面對拯救自己和妹妹的恩人，子晴詢問他的名字，對方只是得意地歪嘴一笑，對她說道：

「我是將來會受妳照顧的未來人。」

留下這句莫名其妙的台詞，青年便像風一樣消失了蹤影，此後無論子晴怎麼查都找不到這個人。

在那場襲擊事件之後，姐妹兩人在醫院進行了健康檢查，被通知擁有一種特殊體質，因此收到時間管理局的邀請。

局長趙磊表示，ＴＳＡＢ是負責處理時空案件的秘密組織，需要像夏家姐妹這種稀有的人才。

通過考核的子晴，現在是特務部門的一員，而妹妹子玲則在今年畢業後加入了研究部門，待在楊博士的團隊工作。

這對擁有跳躍適性的姐妹，一度引發學界熱議，討論跳躍適性與遺傳是否有關聯性。

在ＴＳＡＢ工作的同時，子晴不斷尋找著當年的那名未來人，無奈時至今日還是沒發現任何蛛絲馬跡。

結束休息時間，子晴和子玲道別，乘坐電梯返回三樓。

一走進局裡，她立刻就看見明明只有兩位特務，卻自稱第一把交椅的前輩郭政凱在偷懶。

他一如往常的撐靠在莉莉桌上，分享最近的追劇心得。

「莉莉，局長回來了嗎？」

「剛剛回來了，正躲在辦公室裡泡咖啡呢。」

莉莉抬頭這麼回道，作為其象徵的紮高馬尾在腦後搖曳。

因為她總是縱容政凱摸魚，局長也不怎麼管事，資歷最淺的子晴就更不好說些什麼了。

「吶吶子晴我跟妳說，像我之前那樣帶個保溫瓶進去，隨便誇局長咖啡兩句，就可以免費喝到飽喔！」

「行了行了，休息時間都結束這麼久，現在樓上那邊正忙得不可開交，你要是閒閒沒事就上去幫忙啦。」

準備開始工作的莉莉，認為差不多該把政凱趕走了。

「我是特務組的，才不要勒。」

莉莉所說的事情，正是子晴輾轉難眠的主因。

昨天晚上，五樓的研究部門發生了一件大事。

擁有高度跳躍適性，研究部門的一名實習人員，參與跳躍實驗後便音訊全無，組員都返回了就他不見蹤影。

陷入混亂的研究組，正研擬組織搜索隊前去救援。

那名青年是子晴的鄰居，剛搬來這裡的時候，子晴誤把他當成未來人，強行將他帶到管理局接受測驗，發現他竟然是不可多得的稀少人才。

子晴的這個發現，又一次引起學界熱議，討論跳躍者是否會互相吸引。

這名讓子晴感到眼熟的青年，最近也加入了ＴＳＡＢ的研究部門。

沒想到第一次參與跳躍實驗就發生意外，讓當初把他帶到管理局的子晴相當自責。

「不好意思，子晴，這份文件可以幫我拿給子玲嗎？我忘記跟她說背面要蓋章了。」
「好的，我拿上去交給她。」
由於研究部門需要在地下室搭乘直達電梯，飯後決定散個步的子晴走樓梯下樓。
抵達一樓大廳時，突如其來的念頭，引導她走到外頭，仰望晴空萬里的澄澈藍天。
金黃色的陽光灑滿地面，子晴站在午後的街道上，做了個大大的深呼吸，享受令人心曠神怡的空氣。
遠處襲來的陣風，吹飛了她手裡的資料。
「糟糕！」
子晴正要動身去追，就看見一隻手接住了隨風飛舞的紙張。
這一刻，她彷彿聽見命運齒輪重新轉動的聲響。
手握紙張的青年，朝著失主緩緩走來。
那是兩人闊別四年的重逢，同時也是在許久之前，一個約定好的未來。
徐嘉昕在距離子晴數公尺的位置停下腳步，露出不輸給陽光的爽朗笑容，對眼角不知為何泛淚的子晴說道：
「——又要麻煩妳照顧了。」
附近的一棟民宅頂樓，某人正用望遠鏡注視這幅感人的重逢光景。
與當事人不同的是，她的內心只有滿滿的作噁與妒忌。
上司怒火中燒的模樣，讓後方的數名部下面面相覷，最後其中一人鼓起勇氣上前提醒道：

「雨詩大人，差不多該離開這裡了。」

顏雨詩忿忿不平的放下望遠鏡，用力砸在該人的胸口。

恢復常態的她，將滑過肩頭的髮絲往後一撩，表情自信的轉身。

「哼，就讓妳先得意一陣子吧，反正星星大人遲早會來到我身邊的。」

要青春99　PG2793

要有光
FIAT LUX

約定好的未來邂逅

作　　者　秋　茶
責任編輯　楊岱晴
圖文排版　陳彥妏
封面插畫　優格配炒蛋
封面設計　王嵩賀

出版策劃　要有光
發 行 人　宋政坤
法律顧問　毛國樑　律師
印製發行　秀威資訊科技股份有限公司
114台北市內湖區瑞光路76巷65號1樓
電話：+886-2-2796-3638　傳真：+886-2-2796-1377
http://www.showwe.com.tw
劃撥帳號　19563868　戶名：秀威資訊科技股份有限公司
讀者服務信箱：service@showwe.com.tw
展售門市　國家書店（松江門市）
104台北市中山區松江路209號1樓
電話：+886-2-2518-0207　傳真：+886-2-2518-0778
網路訂購　秀威網路書店：https://store.showwe.tw
國家網路書店：https://www.govbooks.com.tw
總 經 銷　聯合發行股份有限公司
231新北市新店區寶橋路235巷6弄6號4F
電話：+886-2-2917-8022　傳真：+886-2-2915-6275

出版日期　2022年8月　BOD一版
定　　價　280元

讀者回函卡

Printed in Taiwan

國家圖書館出版品預行編目

約定好的未來邂逅/秋茶著. -- 一版. -- 臺北市：
要有光, 2022.08
面； 公分
BOD版
ISBN 978-626-7058-45-9(平裝)

863.57 111010757